AF269396

UN LUGAR EN EL CAOS

GAETANO CINQUE

UN LUGAR EN EL CAOS

EXLIBRIC

ANTEQUERA 2024

UN LUGAR EN EL CAOS
© Gaetano Cinque
Diseño de portada: Dpto. de Diseño Gráfico Exlibric

Iª edición

© ExLibric, 2024.

Editado por: ExLibric
c/ Cueva de Viera, 2, Local 3
Centro Negocios CADI
29200 Antequera (Málaga)
Teléfono: 952 70 60 04
Fax: 952 84 55 03
Correo electrónico: exlibric@exlibric.com
Internet: www.exlibric.com

ISBN: 978-84-10297-86-9
Depósito Legal: MA 2478-2024

Impresión: PODiPrint
Impreso en Andalucía – España

Nota de la editorial: ExLibric pertenece a Innovación y Cualificación S. L.

GAETANO CINQUE

UN LUGAR EN EL CAOS

A Loretta

Nota del autor

En esta novela, si bien el autor se refiere a unos elementos autobiográficos, estos están totalmente modificados para adaptarlos a la necesidad narrativa del registro específico del psicoanálisis. Por lo tanto, los acontecimientos han sido reconstruidos y narrados de manera libre y fantasiosa para apoyar su imaginación literaria.

13

En mi humilde opinión, la actitud que mejor contribuye a que tengamos la sensación de que nuestra existencia «tiene sentido» es la de intentar aprovechar lo poco o lo mucho que la vida pone a nuestro alcance, sin obsesionarnos demasiado con hacer que sea «perfecta», y sin hacernos ilusiones sobre el «impacto global» de nuestros actos. Se trata de un sentido más bien minimalista, intrascendente, limitado, volátil y superficial.

JESÚS ZAMORA BONILLA, *LA NADA NADEA*

1

Mujeres

—¿Quieres escribir todavía? ¿No estás satisfecho con lo que has hecho hasta ahora? ¿Quieres acaso ganar el Premio Nobel de Literatura?

Cuando mi mujer muestra cinismo, me asusta. Es decir, estoy en un callejón sin salida. Me muero de miedo. Ella siempre tiene razón. Entonces, ¿estoy exagerando?

—Querría repasar toda mi vida, recorriendo las etapas más importantes.

—¿Con qué provecho?

—¡Buscar el sentido!

—¿El sentido de qué?

¡He aquí el callejón sin salida!

Hace unas semanas le propuse a mi esposa que compartiera conmigo el deseo de experimentar sobre mi vida pasada con el psicoanálisis. Yo sería el paciente, y ella, la psicoanalista.

Como todas las mañanas desde el día de su jubilación, le llevé café muy agradecido a la cama y después charlamos sobre esto y aquello. Aprovechando el momento, le pedí:

—¿Por qué no hablamos de mi vida? Tú me haces preguntas, como experta de vida, y yo te respondo, así jugamos al psicoanálisis, sin gasto. Por la mañana, un rato durante el café que te traigo con amor, vamos dentro de mi psique.

—Es un juego muy peligroso —objetó en un primer momento mi mujer, y añadió—: Deja correr la cosa. Hablamos del más y del menos.

—No —insistí—, me gusta mucho la idea. Podemos hacer como en el verdadero psicoanálisis, ocultamos los relatos difíciles, o bien mentimos sobre verdades que puedan provocar daños a nuestros sentimientos.

Al final, mi mujer se rindió y aceptó el juego con muchísimo gusto. Entró en la máscara de psicoanalista, y yo me lanzo a mis verdades inconfesables.

De vez en cuando me parece recordar cuando fui concebido y nadaba en líquido amniótico. Probaba la suavidad de mi madre. Recuerdo que fue un tiempo largo, me gustaba dormir y moverme nadando en el líquido. Me gustaba también guardar silencio. Creía que aquel sería siempre mi mundo. No imaginaba que en cierto momento tendría que salir.

Algo sorprendente que recuerdo es que tuve la suerte de hacer con mi madre algo importante para su vida y para la vida de la nación. Como después ella me contó siempre, el 2 de junio me llevó consigo en el útero a votar en el referéndum de Italia para elegir qué forma de gobierno tenía que tomar la nación después del fascismo: república o monarquía. Y era la primera vez que las mujeres participaban en una elección tan importante.

Creo que, por el latido de su corazón, sentí cuándo puso la cruz sobre la papeleta. Desafortunadamente, no vi cuál fue su elección. Estábamos en 1946 y yo nacería unos meses después, el 12 de septiembre.

Le pregunto a mi esposa:

—¿Te acuerdas de cuando estabas en el útero de tu madre, es decir, cuando nadabas en el líquido amniótico?

—¿Qué?

Mi mujer está asombrada por la pregunta.

—Te he preguntado si tienes recuerdos de cuando fuiste concebida, de antes de que nacieras —me explico bien—, es decir, cuando no vivías de manera autónoma, sino dentro del útero de tu madre.

—¡Es una pregunta muy extravagante la tuya! ¿Cómo es posible la memoria cuando no hay sentido?

—Aquí te equivocas: cuando estás en el vientre de tu madre vives un momento muy importante de tu vida. Es el verdadero tiempo de tu formación, de tu inteligencia, de tu ánimo. Te parece que no tienes aún el sentido, pero todos los sentidos están activos y absorben todo lo que circunda a tu madre. Yo, sin duda, agradezco recordar el tiempo amniótico.

—Por supuesto, el tiempo amniótico es un periodo muy significativo —observa mi mujer—. Pero creo que no puedes hacerlo determinante para la vida del ser humano.

—Quizás es la única vez que ocupamos un lugar solo para nosotros. Es un lugar privilegiado, hay armonía y protección. Nunca jamás encontrarás un lugar igual. El que ocuparás tras la muerte es a solas, sí, pero no hay vida, la nada es la dueña.

—¿Acaso durante toda tu vida tu relación con las mujeres fue condicionada por la imagen de tu madre que tenías dentro de ti? Para ser clara, ¿has buscado a tu madre en la mujer, también en mí?

¡El discurso toma un cariz inesperado!

—¿Adónde quieres ir a parar? —pregunto inquieto.

—No quiero crearte dificultades —precisa mi mujer, intentando tranquilizarme—. Si quieres, me contestas; de lo contrario, no pasa nada.

—No, deseo contestar, porque en las mujeres no he buscado a mi madre, no he querido nunca ver a mi madre en otras mujeres, no he deseado nunca estar en el vientre de otras mujeres, solo en el de quien me concibió y me tuvo consigo nueve meses. Mi madre ha sido siempre una mujer especial. Su cariño fue especial, siempre, no solo cuando estaba en su vientre.

—¿Quieres decir que nunca has buscado en nosotras a tu madre? Entonces, ¿cómo has visto y ves ahora a las mujeres que estuvieron y están en contacto contigo?

—¡Normales!

—¿Qué es «normales»?

—Normales, es decir, como personas. Las mujeres son personas.

—¡Bueno! Pero no me refiero a una mujer cualquiera, sino a quien tiene contigo un contacto especial, como yo, por ejemplo. O todas las mujeres de tu vida pasada, antes de estar conmigo. Las mujeres que has amado, por ejemplo. Nunca me has contado las relaciones de tiempo atrás. Quizás ha llegado el momento de que hables de ellas.

¡He aquí otro callejón sin salida! El juego se pone difícil. Sin embargo, he sido yo quien lo ha querido. Pero ahora no me gusta hablar del pasado, no deseo echar cuentas de mi vida en su totalidad. Sobre todo, no quiero revelar mis complicidades.

Guardo silencio.

—Si no quieres hablar de otras mujeres del pasado o de hoy día —mitiga mi interlocutora—, háblame de mí, háblame de cómo me ves. Siempre si te apetece. Es raro que nos enfrentemos a estos temas fuera de este juego.

Querría decirle, como a una verdadera psicoanalista, que mi mujer ahora me está huyendo. No hay el mismo contacto que años atrás. Se ha perdido lo que juzgo como el alma de la relación entre varón y mujer: el sexo. Cuando mengua el deseo sexual, cuando no hay más atracción por el contacto corpóreo, como una caricia inesperada o un beso de sorpresa, cuando desaparece la atención sexual o la seducción con ropa interior, entonces, a pesar de la ausencia de conflictos en la pareja, no es posible aprovechar el contacto de la misma manera que cuando inició.

Siempre he visto a la mujer que se relaciona conmigo como una ocasión para alegrarme con su cuerpo y su belleza. El tiempo se desarrolla, pero para mí la felicidad sensual sigue siendo fundamental.

El carácter, la personalidad, la suavidad de las mujeres son importantes, sí, pero siempre dirigidos al placer físico exhibido con elegancia y máximo respeto: nunca jamás obligando, siempre con consentimiento. Una pareja concorde ha sido siempre mi modelo imprescindible de contacto entre mujer y hombre. ¡Para la alegría de los sentidos!

—Sigues callando, ¿por qué? —Mi improvisada psicoanalista se muestra inquieta—. Al menos, ¿quieres decirme por qué deseaste el contacto conmigo, renunciando a otra mujer hace muchísimos años?

Mi respuesta es sencilla:

—Me gustaste con locura.

—¿Y la mujer con la que estabas no te gustaba más?

—No sé, rápidamente me gustaste. Después los acontecimientos se precipitaron.

—Entonces, ¿se incumplió tu autodeterminación?

—Me ocurre siempre así: pierdo el control de mí mismo y todo se convierte en un gran caos. No comprendo nada más. Pero tenía claro que tú me gustabas mucho, sexualmente.

—¿Solo sexualmente? ¿Y mi personalidad?

—Tú sabes lo que pienso cuando digo «sexualmente». Para mí, el sexo es todo. Hay sexo o la nada.

A decir verdad, yo creía que el contacto sexual con esa nueva mujer no sería de larga duración, que pronto se habría acabado. Todo estaba a favor de su rápida conclusión, solo tenía que esperar. Por lo tanto, me aprovechaba de su cuerpo, hermoso y cautivador. Nada estaba prohibido sexualmente.

La incertidumbre por mis dos relaciones me angustiaba un poco, pero al mismo tiempo me excitaba. Sin embargo, pronto tendría que salir del caos de mis sentimientos. Es más, la mujer con la que estaba y que podía dejar me exigía claridad. Me acusaba de ser un polígamo. Por supuesto, no fui capaz de mantener en secreto la nueva relación.

No tuve tranquilidad en aquellos días de mi vida. Muchas fueron las peleas. La mujer que se sintió traicionada me dijo que mi responsabilidad era decidir con quién estar. Ella jamás podría aceptar que un hombre estuviera con dos mujeres.

En ese entonces yo vivía exaltación y frustración. En mi cabeza había caos, pero en mi corazón las dos mujeres tenían mismo lugar.

En un determinado momento, la solución vino de la mujer que vivía el desgaste del desamparo. Una tarde me impidió entrar en casa y con gesto teatral me devolvió un poco de mi ropa y unos libros. Viví el acto como una violación, por la que me quedé confuso. No supe qué hacer, así que me fui a casa de mi amante y le pedí si podía quedarme con ella de ahí en adelante.

Fue la primera vez que tuve un conflicto con una mujer. Hubiera preferido no salir de la relación de una manera tan caótica y desalentadora.

—Dime, ¿cómo fue la separación de tu primera esposa? ¿Nunca te arrepentiste?

Vuelve el callejón sin salida.

—Fue un momento muy difícil. Este ahondamiento me cuesta mucho.

Mi mujer no me quita los ojos de encima. Parece que vaya a descubrir algo misterioso. Aquí me doy cuenta de que ser psicoanalista y protagonista del relato es también un callejón sin salida.

Entonces, supero el obstáculo con una mentira desconocida.

—Nunca me arrepentí. Hubo placer sexual, que me excitaba, pero ver sufrir a una mujer me procuraba un problema. Tenía mucha confusión.

—¿Ponías en comparación las dos mujeres?

—No sé, creo que no, porque erais muy diferentes.

—¿Qué comparación te gustaba hacer?

—Te he dicho que no comparaba.

La verdad, hacía comparaciones de continuo. Me gustaba comparar la forma en que las dos mujeres practicaban el sexo. Cuanto más se diferenciaban, más estallaba yo de placer. Con respecto a la personalidad, la cosa poco me interesaba. Obviamente, las dos tenían algo en común, puesto que eran mujeres, y esto era lo que me despertaba.

—¿Por qué me pediste pronto casarme contigo, apenas divorciado? Podía ser a largo plazo tu amante soltera.

—Por locura de amor.

—¿Quizás querías ser padre?, ¿querías un hijo?

—No, quería estar siempre contigo, toda mi vida.

Por supuesto, tenía el pensamiento del hijo. Me dije: «Con la próxima mujer, puedo pensar en un hijo». Pero todo de manera confusa. El caos era dueño de mi cabeza.

Al comienzo de la relación con mi primera esposa, los dos nos dijimos: «Esperaremos. Viajaremos, estos años juveniles de nuestra relación son para nosotros. Más adelante, haremos planes para tener un hijo». Pero mi mujer tuvo un problema de útero bastante pronto, y no hablamos más del hijo.

—Cuando te dije que yo no podría procrear, ¿qué pensaste? —insiste mi mujer psicoanalista—. ¿Te dolió?

Mi respuesta es la misma:

—No, estaba feliz de tenerte. Para mí era lo que me interesaba.

—¿Tú das valor a ser padre para el hombre?

—Es lo mismo que para la mujer ser madre. Pienso que para la mayoría de las personas no supone un problema. Ser padre es obvio y natural, se da por descontado. Para mí no, para mí es una elección, pero si hay un problema para procrear no pasa nada. Hay personas, al contrario, que hacen de eso una cuestión de vida o muerte. Para mí es más importante el amor, porque el sexo es para el placer, no para procrear. Para mí, repito, no para todos. Esta es una opinión subjetiva, no se puede imponer. Yo estoy feliz contigo, así sin prole.

—Te he convencido de tener una mascota.

—El perro no es un hijo. El perro es un gran amigo.

En este caso, lo que he dicho es verdad. No hay mentira. Querría añadir que tener un hijo no es una cosa sencilla. A lo largo de mi vida he pensado en cuántas preocupaciones suponen los hijos. Tener una prole no es un paseo. Alguien dice que una vida sin descendencia es una vida vacía, y yo creo que sí, es una vida vacía, pero vacía de inquietudes.

—Ahora, si te parece bien, vamos al grano: ¿con cuántas mujeres, además de nosotras dos, has tenido relaciones sexuales completas? No me refiero, por supuesto, a la relación que se basa en la seducción y el galanteo.

—¡Cero!

—¿Cómo?

—Además de vosotras dos, nunca tuve relaciones sexuales completas con ninguna otra mujer. Las únicas relaciones sexuales de esta naturaleza son las que tuve con mi primera mujer y contigo hasta el presente, como tú bien sabes.

Mi psicoanalista parece perpleja.

—¿No será que estás mintiendo? —me pregunta.

—No, y te explico por qué. Por supuesto, he tenido muchos contactos con mujeres con las que me habría gustado acostarme. Empezaba un galanteo y una seducción, pero cuando me daba cuenta de que me estaba comprometiendo en serio, me desentendía. Por mi educación religiosa y mi carácter, no quería complicaciones. La relación sexual la he visto siempre como algo importante. En cierto modo, tenía también una forma de timidez, por lo que me gustaba mucho si era la mujer quien tomaba iniciativa. Aun así, me metía en mi concha cuando veía dificultades en la aproximación, pero el deseo sexual juvenil estallaba. Vivía gran confusión por no saber cómo transitar desde el anhelo al sexo con plena satisfacción. Cuando las hormonas alborozan, no hay paz, se pierde la cabeza. Y el sexo se envuelve en abstracción. Se crean imágenes y sueños hechos de sexo por satisfacción personal.

—Y, entonces, ¿cómo te explicas los únicos dos casos que has concretado?

—¡Por las circunstancias!

—¿Qué?

—Quiero decir que a veces ciertos pensamientos inconfesables nos guían sin que seamos totalmente sabedores. Para mí, más que una elección ha sido siempre aprovechar. Probablemente, así es descuidarse, no tener personalidad, pero he conseguido el objetivo, que en los dos casos ha sido aprovechar el sexo. Bien la compañía de otra persona, bien el carácter amable, etc., pero a mí me interesaba la felicidad por el sexo. Y si la cosa era posible, bien. El sexo fue la circunstancia favorable en el primer caso, y también en el segundo. Con mi primera mujer, fue el descubrimiento del sexo; contigo, la novedad sexual. No sacar provecho de esta nueva relación significaba quedarme por siempre con una única relación sexual, no experimentando nuevas emociones: un sexo monógamo para toda la vida.

Mi esposa ahora está molesta, así que me pide:

—¿Y si acabamos con el juego? No solo es peligroso, sino molesto. No quiero saber tus motivaciones sexuales en las elecciones femeninas. Lo que me angustia es que tú en la mujer no ves otra cosa sino sexo.

—¿Quién sabe por qué se considera siempre algo feo poner el sexo como núcleo de vida? Siempre ha sido algo indecible. Sin embargo, el amor es sexo. Cuando nace una pareja, esta tiene enfrente dos posibilidades, entre las cuales puede también elegir: disfrutar solo la felicidad sexual o también procrear. Además, hay otras posibilidades, que podríamos definir secundarias, para la vida en pareja: compartir emociones, bienestar, felicidades diarias pequeñas o muy grandes, es decir, vivir en compañía. Pero son las posibilidades primarias las que pertenecen al instinto animal de la especie.

Volviendo a su rol de psicoanalista, mi mujer pregunta:

—Y si en la pareja el sexo deja de atraer, si para uno de los dos mengua el deseo sexual o si se acabó la función de engendrar, ¿qué le ocurre a la pareja? ¿No hay más relación porque no hay contacto sexual? ¿No te parece una visión muy reducida de la vida humana?

—Por supuesto, es así. Una pareja a la que le deja de gustar el sexo tiene que apartarse. Sin embargo, como es propio del ser humano estar en compañía, tener intereses comunes y compartir una vida diaria, la pareja puede continuar junta, pero no como pareja sexual. Esta, si quiere permanecer junta, tiene que jugar con el placer sexual, compartir la satisfacción erótica. Es muy triste ver a una pareja en la que no hay nunca sexo, que sigue conviviendo sin soportarse el uno al otro. Sobre todo, cuando se envejece. La pareja se envuelve en un lugar de odio y de desprecio, el sexo queda muy lejano, hay solo choques y peleas. ¡Faltaría una vida similar en común!

—¿Y la fisiología humana no la consideras? —objeta mi psicoanalista—. ¿Y la familia a la que tienes que cuidar, los críos que crecen? No ves que hay un orden, la naturaleza no puede faltar de capital social, de cultura. Es lo que se llama humanidad. No puedes pensar toda la vida solo en el placer sexual. Hay un momento en que el deseo te deja, el cuerpo se transforma, deja de responder para llegar al placer.

Intervengo con descaro:

—¿En nuestra pareja el deseo nos ha dejado? No creo. Aunque no hacemos sexo a menudo, ¿por la mañana a veces no nos abrazamos afectuosamente?, ¿no nos besamos apasionadamente y, aunque no llegamos al punto de hervor, no nos damos alivio al estímulo sexual? Contesto: seguro que sí. Entonces, nuestra intimidad sexual está protegida. ¡La nuestra es todavía una pareja sexual!

—Bueno, pero ¿reconoces que estamos juntos también por otros intereses aparte del sexo?

—¡Está claro! Aparte del sexo compartimos viajar, una mascota, la comida, y también a algunos amigos. Por lo demás, tenemos diferentes intereses. Leemos diferentes libros de ficción, vemos diferentes programas televisivos. A ti te gusta ver películas, y a mí los partidos de fútbol. Seguimos a menudo ideas políticas diferentes. Nos diferenciamos a la hora de escuchar música. Sin embargo, yo creo que soy feliz contigo, pero sobre todo por el placer sexual. Sin él, no sería feliz. El verdadero intercambio entre nosotros está en el sexo. ¡Qué lástima, pero ya no es el mismo sexo de una vez! —me atrevo a decir—. Aunque todavía me encanta coquetear contigo, y las caricias y los besos son una mina inagotable para la excitación sexual.

—¿Qué ocurriría si yo te dijera que no tengo interés sexual en ti, que no me atraes sexualmente como antes, pero que aún me gusta sacar provecho de tu compañía?

Doy bandazos: ¿quién habla ahora, la psicoanalista o mi mujer? ¿Tengo que mentir o decir la verdad? ¡Pues otra vez estoy en un callejón sin salida!

Decido callarme, no contesto nada. Busco la mirada de mi esposa. Quiero entender, tengo que seguir en el juego.

—Bueno, en ese caso, no seríamos más una pareja sexual. Puedo buscar entonces el placer sexual en otra mujer. ¿No te parece?

—No, no me parece. Este es un razonamiento machista.

—¿Por qué?

—Porque ves a la mujer como objeto de placer.

—¿Por qué dices eso? Está en el orden de las cosas que cuando ya no hay amor ni sexo, empieza una búsqueda de excitación en otra parte.

—¿También si yo te digo que me gusta estar contigo?

—Sí, también, si el sexo está excluido.

Creo que nos hemos pasado mucho de la raya. Una cosa es hablar en abstracto, y otra cosa personalizar. Pero mi mujer no lo deja pasar.

—¿Entonces tú ahora estás buscando a nueva mujer con la que gozar del sexo?

—No, porque nuestra pareja tiene aún el sexo.

—Me has dicho que nuestra relación sexual no es como en el pasado, cuando inició provocando la ruptura con tu primera esposa. ¿Tengo que pensar que buscaste el placer conmigo porque no estabas satisfecho con tu primera mujer?

—No, no fue el problema tener una pareja sin sexo, sino mi deseo de experimentar otras emociones sexuales para no pararme en una relación monógama.

—Vaya, tu teoría salta en pedazos. Una pareja se separa no solo porque no hay más sexo, sino también por un nuevo interés sexual en otra persona fuera de la pareja. Es un hermoso amasijo.

Las sesiones de psicoanálisis se suceden con regularidad cada mañana, están caracterizadas por el café y la charla entre nosotros dos sobre mi vida, charla que puede ser de larga o corta duración.

Es casi siempre mi mujer quien dice cuándo tenemos que acabar la charla. Se retoma a la mañana siguiente con otro café. Yo cierro la boca con dificultad, me encanta mi mujer convertida en psicoanalista.

Está claro que nuestras sesiones son anómalas, porque falta la regla de la objetividad. La psicoanalista está muy comprometida en la charla, y yo soy un paciente que inconscientemente intenta causar buena sensación en ella.

En cierto modo, somos abusivos, no autorizados, sin fundamento científico. Pero seguir el juego me ayuda a ver más claro lo que ha sido mi vida, dónde está el fracaso, dónde está el sentido. O bien dónde no están, porque quizás en la vida no hay ni uno ni otro.

Además, desde que empezamos el juego psicoanalítico mi mujer está mucho más receptiva y entusiasmada sexualmente y a menudo me trae la alegría sexual, lo que me da vitalidad y me parece que aleja la decrepitud inminente.

Esta mañana mi mujer ha decidido seguir otra ruta. Intenta empujarme a los recovecos de la mente para descubrir cómo me sentí después de que terminara de nadar en el líquido amniótico y dejara el corazón de mi madre.

—¿Qué recuerdos tienes de cuando dejaste a tu madre?

—¿Entiendes cuándo nací?

—Claro, el primer periodo de vida, el que empezó el día de tu llegada al mundo.

—En verdad, me parece recordar mucho, como cuando estaba en el útero materno, pero no tengo conciencia racional. Es como con los sueños, son sensaciones confusas. Puedo intentar sacar a la luz los recuerdos que están más claros, y esos son los recuerdos de la esfera sexual.

Miro reticente a mi psicoanalista, porque otra vez me he referido al sexo. Mi mujer, que ha captado mi perplejidad, precisa:

—No te preocupes, es normal que los primeros recuerdos, los infantiles, estén vinculados al sexo. Freud lo dijo claramente, que el trabajo del psicoanalista es sacar a la luz el erotismo infantil.

Quizás mi mujer ha leído algo sobre psicoanálisis. Para mí es algo bueno poder aprovechar la profesión de Freud, pues lo que me interesa ahora es viajar dentro de mi psique.

—Bueno… Recuerdo que en el cuarto de baño empecé a conocer mi sexo masculino. Lo tocaba y lo acariciaba. Pronto me vino el deseo de ver cómo era el de otros niños y niñas. Conocía a dos niñas y les pregunté si me podían mostrar su sexo, el femenino. Vivía en aquel tiempo cerca del mar. Era verano, lo recuerdo, y les propuse entrar en una de las casetas de la playa que estaban abiertas y allí las invité a quitarse las bragas. Las niñas empezaron a saltar desnudas, así que no pude fijar la mirada en la intimidad. Otro día, por la tarde, en la playa vi a unos chicos más grandes que yo, que se acostaban sobre la arena uno encima de otro, y quien estaba debajo mostraba la espalda. «¿Quieres probar?», me preguntó un chico al que conocía. «Sí», respondí, «pero yo voy encima del chico». «Después, ahora vas abajo», me dijo. Pero no me coloqué nunca encima del chico.

—Lo que sufriste fue una violación homosexual —declara mi mujer—. ¿Fue la primera? Después, cuando has sido más grande, ¿has tenido otras relaciones homosexuales?

La pregunta me crea angustia. Abre una brecha en un mundo confuso y evasivo.

—No sé. Tengo que precisar que en toda mi vida no tuve nunca jamás una relación homosexual, pero el recuerdo de aquella violación homosexual me creó excitación, una excitación que pertenecía a mi fantasía erótica.

—Lo que me vas a contar con pelos y señales te apura. ¿Te da vergüenza?

Querría decir que sí en público, pero con mi mujer no, puede ser una ocasión de excitación erótica.

—Es algo indiferente —le contesto, mintiendo a mi psicoanalista.

En verdad, con esos acontecimientos sexuales de mi infancia empieza un proceso según el cual se crean dos mundos separados: uno privado, íntimo, personal, lleno de fantasía y posibilidades, un mundo hecho de imaginación que está en el cerebro, y uno oficial, público, vinculado a las reglas sociales, a las buenas costumbres, a la decencia, a la apariencia correcta, educada.

Los dos mundos no se relacionan, existe cada uno por su cuenta, y yo enseguida aprendí a convivir con los dos. Cuando es preponderante uno, tengo que contener al otro. Es un equilibrio muy difícil.

El mundo privado es el del instinto, el de la naturaleza, el que se aparta y no se desarrolla. En ese mundo es preponderante el sexo, hay una fuerte búsqueda del placer.

Estoy bien en ese mundo instintivo, vivo con felicidad y doy rienda suelta a la excitación de los sentidos, con fantasía y total libertad. Aún hoy me quedo en mi cerebro para desarrollar mi imaginación.

El otro mundo es más difícil. Me ha ocupado mucho a lo largo de mi vida, es el que los demás ven y juzgan.

Al empezar la sesión esta mañana mi mujer psicoanalista me pregunta de manera rotunda:

—¿Qué señal ha dejado en tu formación psicológica de adulto, en el ámbito sexual, la experiencia de violación que sufriste?

—Podría decir que ninguna —contesto, y pronto añado—: ¡Pero no es verdad! En primer lugar, nació un sentimiento de vergüenza sobre el sexo, al que contribuyó también la educación religiosa católica, según cuya moralidad el sexo es pecado y la excitación erótica tiene que ser confesada al cura. Sin embargo, en mi intimidad el sexo me atraía, por lo que me permití excitarme y muy pronto aprendí a darme placer, con el descubrimiento y la explosión de la pubertad. En segundo lugar, enseguida llevé a la sombra todo lo que pertenecía al cuerpo, cerrándome en mí, pues me di cuenta de que pensar en lo que me ocurrió de niño en la playa ampliaba la excitación. Me ocurrió también que, hojeando las páginas de revistas femeninas, ver imágenes de mujeres contribuía a la excitación. Por eso tuve la costumbre de ir al quiosco para comprar tebeos y revistas solo para adultos.

—¿Durante cuánto tiempo seguiste esa práctica de excitación? —me interrumpe mi mujer.

—Aquel mundo de excitación no se acabó nunca.

—¿Y cada vez, al final de la práctica, cómo estabas? ¿No sentías profunda soledad?

—Al acabar, sentía frustración y gran vacío interior.

Mi mujer cierra la sesión de repente.

—¡Basta ya por esta mañana!

No me queda otra que aceptarlo. Seguir el juego quiere decir para mí ser el paciente y obedecer callándome.

Me pregunto cómo puede sentirse en una verdadera sesión psicoanalítica un paciente que ha abierto su intimidad y ha compartido un mundo interior caótico y del que tiene vergüenza.

Compartir con el psicoanalista lo que vive en la sombra es algo complicado, y abriga sospechas de que quizás no se han desarrollado de aquella manera los hechos relatados. Se omiten detalles que podrían dar otra significación.

Este paciente, sin embargo, a pesar de experimentar muchas dudas sobre lo que ha revelado de su psique, terrible y poco acostumbrado, está feliz porque al fin ha dicho lo indecible.

En mi caso, no ocurre así. No solo sigo teniendo dudas sobre los hechos, sino que siento la parcialidad del relato y además mi psicoanalista es mi esposa y, por lo tanto, se muestra muy interesada en mi psique.

Quizás tendría que buscar a un verdadero psicoanalista con quien intentar abrir completamente mi cerebro, porque creo que ahí se ocultan los malos pensamientos, que me agitan.

—Esta es una mañana especial —declara mi mujer al inicio de la sesión, mientras paladea con mucho gusto el café que le he preparado y llevado a la cama, como cada día—. Hoy quiero ser una verdadera psicoanalista. Creemos el encuadre donde desarrollar la sesión de psicoanálisis: no debemos mirarnos, no debes tocarme ni seducirme, como intentas de vez en cuando por la mañana, subiendo las manos hasta mis muslos. Nada de besos ni caricias. Aplacemos la realidad e identifiquémonos en lo que te viene a la mente. No debes tener vergüenza de tus palabras, de tus pensamientos, de todo lo que te parece indecible. Yo estoy y no estoy. No debes pensarme como tu mujer ni como psicoanalista. Solo existe tu mundo, es lo que debes hacer vivir. Aunque no tenga sentido lógico, lo que te venga al cerebro sácalo, no te preocupes. Llevemos el juego hasta el final, así me parecerá que hago algo útil para ti. ¿Estás de acuerdo?

Sin contestar nada, comienzo. Quiero aprovechar los senderos del cerebro que me llevan a mi psique. Un viaje solitario por un mundo desconocido, al que el psicoanálisis se propone ayudar. No sé si con éxito o con fracaso.

—Las imágenes de sexo que de continuo buscaba nunca me satisfacían. Las buscaba en mi mente y donde estaban reproducidas, en las revistas, en los dibujos, en los vídeos, en las películas. Era una búsqueda obsesiva. Cuando iba a la cama, en el silencio de la oscuridad, la mente producía escenas de hombres y mujeres que se amaban y yo estaba con ellos para alcanzar entre las sábanas el placer.

»Una vez vino a visitarme una amiga porque yo tenía la gripe. Éramos muy jóvenes. Mi amiga era una chica muy guapa, y yo deseaba acostarme con ella, pero no tenía el coraje de manifestar mi pasión sexual. En casa no había nadie, mis padres habían salido. Habría podido invitarla a acostarse conmigo, pero nada. Guardé silencio, después de un breve saludo. Sobre la mesa de noche había una publicación de arte con muchos desnudos, la tenía allí para mi excitación. La chica la tomó y, fingiendo interés por el arte, empezó a hojearla, mostrándome a mí las imágenes de desnudos más excitantes. Nada de nada, no dije nada, no hice nada. Cuando terminó de hojearla, sin añadir nada, la chica guapa se despidió y se fue. Me quedé a solas y bajo las sábanas me di un placer intenso.

»También frecuenté el cine de luz roja. De manera furtiva compraba la entrada y me introducía rápido en la sala, sentándome en la última fila o me quedaba de pie. Me identificaba con las escenas de la película y después me alejaba de repente, así como hacía cuando a veces me molestaba alguien.

Me detengo como para encontrar el sentido de lo que voy contando. La psicoanalista calla. Entonces, me siento empujado a continuar.

—Tenía que salir de mi mente, debía intentar practicar sexo con una mujer. No necesitaba más fantasía erótica, sino una verdadera relación sexual con una mujer, a la que poder amar sin complicación. ¿Dónde buscar a una mujer disponible? Encontré una solución pensando en lo que muchos amigos coetáneos me confiaban. En las afueras de la ciudad había una calle donde era posible encontrar mujeres prostitutas que, por una miseria, subían a tu coche y garantizaban relaciones sexuales completas.

»Un domingo por la tarde, pedí prestado a mi hermano mayor su coche, con el que fui a la calle de las prostitutas, y a la primera que me hizo señas la hice subir al coche. Me indicó una carretera secundaria y me dijo que estacionara cerca de la acera. De repente se bajó las bragas, me puso un preservativo y me montó sin palabras ni dulzura. Articuló al instante un grito de placer y favoreció la explosión de mi hervor. Tomó el dinero y me dio un beso en la frente, la única muestra de cariño de la tarde. Nunca jamás me dirigí a prostitutas.

Ahora sí que espero un comentario de mi esposa, es decir, mi psicoanalista. ¡Nada, absoluto silencio! Sigue callando. No sé qué hacer. Querría continuar, pero también entender si he ido más allá.

—Tienes que decir algo, ¿no te parece? El tema me da mucha vergüenza —digo con un poco de amargura.

—Querido, no te preocupes. El psicoanálisis es como un teatro, estamos en escena tú y yo. Somos personajes y, como en el teatro, tenemos nuestra máscara. No hay juicio sino sobre la interpretación. Dime ahora, cuando empezaste a tener relaciones sexuales con tu primera mujer y luego conmigo, ¿tu impulso sexual en lo recóndito de tu cerebro se mitigó o desapareció completamente?

De nuevo animado, sigo contando mi historia prohibida.

—No, no acabó mi mundo instintivo, el impulso sexual en el cerebro. Las relaciones sexuales con mi primera mujer no oscurecieron el interés por la imaginación erótica y las imágenes de sexo. Más bien al contrario. Sobre todo al comienzo, la comprometí en escenas de estímulo sexual proponiéndole ver juntos en el sofá de casa las páginas de sexo de las revistas para adultos y la convencí a frecuentar el cine de luz roja. Y mientras veíamos las escenas, bien en casa, bien en el cine, dábamos alivio al placer sexual. La convencí también para que la fotografiara desnuda y para que aceptara enfoques sexuales según mi imaginación. Sin embargo, no interrumpí la costumbre de vagar a solas por el cine, aunque ella compartiera cada propuesta erótica.

—¡Basta ya! —grita de repente la mujer psicoanalista—. La sesión ha terminado. Retomaremos mañana por la mañana.

Mi mujer salta de la cama y corre, encerrándose en el cuarto de baño.

—¿Qué tal? ¿Qué te ha pasado? —pregunto un poco preocupado en la puerta del baño.

—¡Bueno! No te preocupes, estoy aburrida —me responde con voz un poco alterada—. Esta sesión ha sido pesada, pero no pasa nada. Según nuestras reglas, fuera de la sesión no debemos hablar del relato, volvemos a nuestra vida diaria.

Puedo imaginar qué le pasa a mi mujer. Me ha interrumpido cuando iba a hablar de mi segunda relación, la que tengo con ella.

—También conmigo intentaste llevarme dentro de tu mundo imaginario —me dice enseguida mi mujer al inicio de esta nueva sesión, que ha definido como singular—. Me pediste compartir imágenes de revistas y ver juntos vídeos para adultos. Nuestra relación sexual se fundamentó en unas escenas de fuerte excitación, según lo que tú querías. A mí siempre me ha gustado compartir contigo el sexo. Tú nunca me has violado, has tenido siempre mi total consentimiento. Tuve la percepción, y la tengo también ahora, de que estoy en tu mundo abstracto. Eso es lo que creo. Pero ahora retomamos nuestro juego psicoanalítico, obedeciendo las reglas de la sesión. Entremos en el encuadre y sigue recorriendo los senderos de tu cerebro.

—Sí, es verdad, tú estás en mi excitación. Solo con verte mi sangre hierve, en mi mundo instintivo estás lista para el placer. Pero me quejo de que hoy por hoy, de vez en cuando, sales de mi mundo. Te querría siempre dentro, para alcanzar a cada rato el máximo placer. Sin duda, tu presencia nutre mi deseo, que sigo teniendo con gran imaginación.

Otra cosa no puedo decir, una ola de excitante nostalgia me arrolla. No tengo palabras para comunicarme con la psicoanalista, porque ella es la protagonista de una historia de sexo apasionado.

La primera vez la tomé con firmeza levantándola sobre mí con un abrazo magnífico. Me hizo alcanzar un placer inolvidable. «¡Así me gusta mucho, es un placer paradisíaco!», le grité mientras apretaba sus muslos en torno a mis caderas.

Ella provocaba una fuerte atracción sobre mí con mucho arte femenino. Estábamos sentados juntos en el cine, subí la mano entre sus muslos para alcanzar sus bragas y apartarlas al fin del contacto con su desnudez. Sin embargo, mi mano encontró el camino libre hasta la meta: no llevaba bragas. Fue para mí una sorpresa muy excitante, y me sentí animado por las caricias eróticas.

Otros momentos de intenso placer los vivía en el coche. Durante el regreso de algún viaje, tomó la costumbre, mientras yo estaba al volante, de jugar con caricias y besos íntimos, bajándose a mi entrepierna. Alcanzaba la cumbre del placer con mucho gusto, con gritos intensos, y a menudo estaba obligado a detener el coche en un rincón de la carretera.

Eran los años en los que mi organismo estallaba en satisfacción al ver cómo ella se alegraba por lo que lograba con su técnica de seducción.

—¿Por qué callas por tan largo tiempo? —pregunta mi psicoanalista. Luego añade—: Es de esperar que no te has perdido en los senderos de tu mente, porque ahora tus pensamientos me pertenecen. No puedes eludir el relato que estás construyendo con las palabras que el cerebro te sugiere. La sugestión del psicoanálisis es poder indagar en aquello que la situación pública y ajena no te permite. La libertad de lo que no se puede expresar pertenece al campo del instinto, como ocurre en los animales.

—No creo que tengamos que confiar en el poder salvador y mágico del psicoanálisis. Aunque haya sido yo quien empezó el juego psicoanalítico, querría saber cuáles son las ventajas que se alcanzan con el psicoanálisis. Hoy por hoy, me doy cuenta de que el psicoanálisis permite conocer un poco el propio yo, pero como alivio y memoria del pasado. Es nostalgia, pero con sufrimiento, porque el pasado se transfiere en el presente con decepción.

—Bueno, limitamos su eficacia para conocer el mundo interior, es una ayuda para comprender qué pasa en el cerebro. Es útil, ya sea para ti mismo o para los demás que comparten contigo la vida.

—En verdad —intento explicar bien a mi mujer—, nosotros pertenecemos a una especie de homínidos que continuamente transforma los datos que recibe de la realidad, es como decir que la realidad no es siempre la misma. Es algo nuevo y fuertemente individual; por lo tanto, la mente es indescifrable. En palabras sencillas, el flujo sensorial, el de los estímulos exteriores, se transforma continuamente en una secuencia de imágenes que para todos son desconocidas. No hay verdad objetiva, y todo esfuerzo de comprensión está destinado al fracaso.

—No puedes decir que hasta ahora, por lo que ha emergido, las sesiones matutinas hayan sido inútiles —me consuela mi mujer—. Tu cerebro ha intentado conectar los hechos, aunque de manera desordenada. Lo que es difícil es la comprensión racional, una verdadera interpretación de los hechos y de las conductas humanas. En eso estoy de acuerdo contigo. Porque si se quiere racionalizar se juzga, es decir, se absuelve o se condena. Por lo tanto, retomemos el inconsciente, el tuyo, está claro, y demos vía libre a tus pensamientos, a los más extraños, a los más indescifrables. No te preocupes, te repito, si estoy yo en los deseos, porque me limitaré a ser analista, y tú, paciente. Estoy encantada con el juego que has inventado.

—Tengo dudas —digo preocupado—. Si profundizo más temo ver cosas que no me gustan de mí y otras que te pertenecen, porque ahora eres tú la mujer de mi mundo sexual.

—¡Adelante, adelante! No habrá nada escandaloso en lo que me tengas que decir.

Después de un rato de silencio, actúo.

—Si tú fueras un individuo de sexo masculino, te desearía igualmente, en nada mi amor por ti sería diferente. Y las mismas emociones sentiría si yo fuera de género femenino. No tendría ninguna duda para amarte. Porque en cualquier condición la sexualidad está en el placer. Sin embargo, hay un problema. Cuando se alcanza el éxtasis, como toda la tensión del deseo se desvanece en su satisfacción, se queda el vacío, el aburrimiento, y tienes que esperar tiempo para que vuelva el deseo sexual otra vez. Entonces, vivo una profunda contradicción: quiero y no quiero alcanzar el placer. Cuanto más me acerco a la cumbre de la satisfacción sexual, más me esfuerzo para retrasar el instante divino. Me encanta la espera que el deseo sexual propone con todos los preliminares de seducción, pero me molesta el después. Yo estoy bien en el deseo, y no en su satisfacción. Sin deseos, para mí, hay silencio de vida, se acerca la muerte. El sentido sexual del vivir es el deseo, es todo lo que se hace para empezar la seducción, pero el momento final debería ser eterno para lograr una verdadera felicidad.

—Entonces, tu deseo se manifiesta, sobre todo, por la fantasía erótica —observa con aplomo la psicoanalista.

—Sí, sí, y digo más. Cuando empiezo contigo la seducción, a menudo imagino que conmigo hay otra mujer con la que practicar sexo, puede ser amiga, familiar, conocida… A veces es la misma, que vuelve, porque me excita muchísimo. Y te olvido a ti, tu cuerpo es otro cuerpo, tus pechos son de otra mujer. Y la fantasía continúa hasta alcanzar el ápice, al final me parece que no te abrazo a ti, sino a la mujer imaginada.

—Si no fuera tu psicoanalista, ahora me gustaría preguntarte algún nombre de esas mujeres que están en tu imaginación sexual. Pero está bien así, porque has entrado en el inconsciente y estás sacando verdaderamente todo lo extraño.

Y sigo sacando por gusto los desarrollos del placer.

—A veces las imágenes se sobreponen y tú estás haciendo el amor con otro hombre, mientras asisto a vuestro apasionado encuentro con mucho placer también. Presto atención a los detalles de la relación. Me gusta imaginar entre vosotros cosas imposibles. Este es un verdadero teatro y ocurre todo en mi cerebro. Durante el acto tú me ves como soy y escuchas mis palabras de cariño y de suavidad, pero no sabes qué se desarrolla en mi cerebro, igual que, por supuesto, yo no sé qué ocurre en el tuyo cuando me besas y me acaricias. ¡El mundo del sexo es desconocido!

Mi mujer, aunque su buena voluntad pretende seguir con el análisis sexual, ahora quiere aflojar la tensión.

—He leído —comenta de repente, alejándose de mi asunto— que un psicoanalista profesional durante la sesión habla poco, tercia poco en la conversación, deja expresar mucho al paciente y todo lo que se destaca no pertenece a la realidad, sino a lo que es parecido al sueño, así que cada sesión del psicoanálisis es un mundo alejado. Freud dio mucha importancia a los sueños en psicoanálisis. El sueño es la llave para entrar en la psique. Mucho de lo que tú me has dicho es sueño, porque tu imaginación nace de tu universo y puede ser solo tuyo. Por lo tanto, ahora dime cuáles son tus sueños más recurrentes. Este es otro rumbo que puedes seguir mientras navegas por tu vida.

Una vez más, mi mujer me lleva a un callejón sin salida.

Efectivamente, mis sueños son más complicados que las imaginaciones que mi inconsciente procesa, porque, de una manera u otra, estas las saco a la luz. Los sueños, en cambio, son incontrolables, parten de improviso y no sabes dónde van. Son siempre carriles de adelantamiento. No los rescatas jamás.

Para mí, los sueños son prolongaciones de la imaginación y, por lo tanto, son un placer del que sacar provecho o son actos inútiles de los que hacer análisis.

—Los sueños eran muy importantes cuando vivía mi juventud —contesto a mi mujer—. En ese entonces Eros llenaba muchas de mis noches. Y a menudo el sueño erótico tenía salida a la realidad, procurándome un intenso placer. Eran escenas con las que el placer nocturno estallaba irrepetiblemente. ¿Dónde estarán las sensaciones que los sueños benéficos juveniles me acarreaban? Los sueños de hoy en día quedan muy lejanos del erotismo y están todos caracterizados por la impotencia: un tren que nunca jamás logro tomar, la mujer de la primera relación que se sustrae a un regreso dudoso, familiares fallecidos que vuelven a vivir conmigo en silencio por un tiempo determinado. Mis sueños no me traen la plenitud, sino el vacío.

—Creo que eres un mal paciente —precisa la psicoanalista, tomando un tono severo—, porque quieres hacer también de psicoanalista. No solo refieres el hecho, sino que lo comentas; no es justo, porque te desvías del guion. Solo yo debería tener el derecho de comentar tus exteriorizaciones.

—Por favor, no me hagas hablar de los sueños, y dejemos este campo presente y aburrido.

—No quiero que hables de los sueños en general, sino de los que tú mismo dijiste que eran los recuerdos de cuando nadabas en líquido amniótico. Sueños y recuerdos se identifican. Es una parte muy importante de tu psique y de tu corazón.

Me quedo en silencio por unos momentos y después retomo el relato de mi relación materna, que juzgo como la continuación del tiempo amniótico.

—Mi madre me dijo siempre que yo había sido un feto tranquilo, sin patadas en el útero y con escaso lloro cuando vine a la luz; ni siquiera lloré cuando la comadrona me hirió el cuero cabelludo con sus uñas no cortadas al extraerme a la vida exterior. ¡Tenía razón, entonces, por no querer salir fuera y quedarme con mi madre en su útero! Aún hoy llevo en la cabeza la herida de nacimiento. He sido siempre un hijo bueno y delicado, según decía mi madre cuando le hacía preguntas sobre mí. Empecé a hablar tarde, mis padres estaban preocupados por mi crecimiento, pues siempre estaba delgado y comía poco. Y mi madre, para despertar mi apetito, tuvo que fingir que la comida que me daba había sido preparada por una vecina que me gustaba. Me di cuenta de que mi madre me cuidaba más que a mis hermanos. Además, me sometió a un tratamiento reconstituyente a base de calcio mediante inyecciones, que ella misma me administraba, y cuando una vez, a consecuencia de una inyección, no era capaz de ponerme de pie, se desesperó y todavía recuerdo sus lágrimas.

—¡Lo que estás describiendo se llama amor materno! —comenta mi mujer, sin añadir nada más.

—No sé, pues a mí me garantizaba seguridad y certidumbre. Me sentí muy protegido. Me acuerdo de que también creó una costumbre, que recuerdo con mucho gusto. Para que yo cogiera el sueño en la cama cuando me llevaba a dormir, ella se acostaba conmigo y empezaba a contarme cuentos clásicos o de su imaginación. Para mí se convirtió en un momento muy deseado, y esas historias enriquecieron mi fantasía. Creo que de ahí nació en mí el gusto por la abstracción. La costumbre nocturna empezó muy temprano, cuando vine al mundo, y duró hasta mi adolescencia. La interrupción me creó contrariedad.

—¿No podía continuar también cuando eras adulto?

—Supongo que no. Fue como una segunda salida de mi mundo amniótico, en que nadaba a gusto.

La mujer nota en mi voz un toque de nostalgia.

—¡Noto que todavía vives con mucha emoción aquella costumbre!

—Y no solo aquella costumbre, porque mi madre introdujo otras, todas muy comprometidas, de las que una vez iniciadas no podía prescindir.

—¿Cuáles eran esas otras costumbres? —pregunta mi mujer, que se le ha despertado la curiosidad.

—El beso de buenas noches y traerme el café por la mañana a la cama durante mi edad juvenil fueron dos costumbres que enseguida aprecié mucho. Yo llamaba a mi madre desde mi cama con voz elevada y ella venía a mi cuarto, se acercaba a la cama, me besaba y, a continuación, me arreglaba la manta, preguntándome si necesitaba algo y a qué hora de la mañana quería que me trajera el café a la cama para despertarme. Entonces, el aroma del café era mi despertador matutino. ¡Cómo me faltó esta costumbre del aroma del café matutino cuando se interrumpió!

—Lo sé —me dice mujer—, pero conmigo la costumbre permanece, solo que no eres tú el destinatario, sino yo. No obstante, tú sacas una ventaja llena de erotismo y, ahora, de psicoanálisis.

—Fue muy desagradable lo que ocurrió por ese asunto del café cuando me casé con mi primera mujer. Una vez, estábamos los dos en casa de mi madre por la noche, y ella quiso mantener la costumbre de traerme el café a la cama por la mañana; sin embargo, no solo lo trajo para mí, sino para los dos. Así lo hizo. Sin decir nada, muy de mañana vino a nuestro cuarto, llamó a la puerta y entró. Mi mujer no agradeció el acto y después me dijo que estas eran malas costumbres y que yo tenía que crecer, que debía librarme de mi madre y de su cordón umbilical. Además, añadió que yo favorecía de esta manera la sumisión de la mujer. En pocas palabras, según ella, mi madre había sido una mujer esclava de su hijo. Se me hundió el mundo y fue como si alguien quisiera golpearme mientras nadaba en mi líquido amniótico.

La psicoanalista calla, no dice nada, no se expresa. Y entonces pregunto:

—¿Acabamos la sesión y sigo hablando de mi madre por la mañana?

—No, no, continúa ahora, no estoy aburrida todavía, te escucho con mucho interés. Creo que para el psicoanálisis la relación de un hijo masculino con su propia madre, y también con su padre, es un asunto clásico bien desarrollado por parte de Freud con temas de origen mitológico griego, como el complejo de Edipo. Según ese asunto, el hijo quiere acostarse con su madre después de haber matado a su padre.

La referencia al mito de Edipo me irrita, creo que el psicoanálisis ha ido más adelante que el camino trillado. Ciertamente, el mundo familiar es mucho más complicado que reducirlo a una fórmula anticuada.

—Bueno, continúo hablando de mamá más allá del complejo de Edipo, que es banal —le digo a mi mujer—. Fue un momento crítico cuando una tarde le comuniqué mi intención de casarme. Llorando a lágrima viva me dijo: «Te pierdo, hijo mío. No me pertenecerás más». «No será así, siempre seré hijo tuyo. Vendré a menudo a verte a casa y tú serás invitada de honor en mi casa», le contesté. «Sí, pero no podré llevarte nunca el café por la mañana ni oír cómo me pides el beso de buenas noches», observó desesperada.

—Lo que me estás narrando es muy triste —anota mi psicoanalista.

—No pude calmar a mi madre —sigo contando, pasando por alto su comentario— y, a decir verdad, esta reacción me pareció una exageración. No me di cuenta de lo que le ocurrió con el anuncio de mi boda. Ella había volcado en mí todo su instinto materno y ahora otra mujer me llevaba a otra vida. Sí, es verdad que la vida es así, pero también es cierto que los sentimientos no se pueden borrar.

—Pero ¿tú qué pensabas en tu interior?

—¡Esa es la cuestión! Entonces no lo entendí. Después fue muy diferente. Tuve la sensación de que dejé de estar en el líquido amniótico, me pareció no poder nadar como una vez.

—¿Es lo que piensas también ahora, después de muchísimos años? —pregunta mi mujer.

—No sé. Por supuesto, hoy miro al pasado con ojos diferentes, pero pronto me di cuenta de qué había perdido. De cualquier manera, quise corresponder al cariño de mi madre. Cuando se hospedaba en mi casa, le prestaba toda la atención posible. Por la mañana era yo quien le llevaba el café a la cama. Durante las horas libres la sacaba por las calles de la ciudad y los dos entrábamos en una pastelería para degustar pasteles con café. Ella rebosaba de felicidad, y yo también. Mis invitaciones eran frecuentes, lo que sabía que ella agradecía y hacía todo lo posible para venir. Eran, sobre todo, destinos de carácter religioso que por mucho tiempo deseó visitar, pues tenía una gran fe católica.

—Y tu esposa, ¿qué decía de esta intensa atención tuya hacia tu madre? —pregunta mi mujer psicoanalista.

—Yo no comprendía, ni siquiera ahora entiendo, por qué mi esposa se sentía a disgusto. Le molestaba cada acto de cariño hacia mi madre. Creía, y creo también ahora, que el amor por tu madre, que te ha tenido en el útero, es algo apreciable y, como tal, debe ser compartido por parte de tu compañera. No puede hablarse de celos entre mujeres. Ni siquiera de las consecuencias del complejo de Edipo. Sin embargo, mi esposa me decía a menudo que mi vínculo materno era el fruto de una educación masculina, que seguía permitiendo la soberanía del macho sobre las mujeres. La suya era una visión feminista que yo no compartí.

—¿Y aumentabas el cariño hacia tu esposa para que sintiera que tu pasión no estaba limitada a tu madre?

—Por supuesto, la presencia materna polarizaba mi atención, pero duraba poco. Cuando se iba mi madre, volvíamos a nuestras costumbres de pareja enamorada. Mi esposa debería haber considerado mi inmensa gratitud hacia quien me había amado tanto.

—Según tú, ¿no ocurrió así?

—No, en absoluto, lo que me molestó y mucho. Pero yo seguí prestando atención a mi madre y, cada vez que era posible, hacía que viniera conmigo.

2

Tener éxitos

—¿Crees que es necesario que sigamos nuestro juego psicoanalítico? —le pregunto a mi mujer, a quien, como todas las mañanas, le llevo el café a la cama.

—No sé si es necesario, pero son momentos de tu vida muy importantes. Por otro lado, en caso de charlar de banalidades, te das una zona franca, en la que sea posible no digo una valoración, sino una representación de lo que has vivido. Es lo que tú me pediste. Es cierto que poco tendrá que ver con verdaderas sesiones con presencia de experiencia profesional. Creo, sin embargo, que es un juego útil y, como ya te dije, me gusta mucho, a pesar de tanta preocupación que tenía al principio.

—Te confieso, a corazón abierto, que el psicoanálisis me asusta. ¿Has visto cuántas sombras han surgido de mi pasado? Quizás era más justo que estuvieran en oculto. En realidad, yo buscaba un pretexto para escribir una nueva novela. El argumento, pensé, tenía que provenir de mi vida, siempre tratado como ficción, como es propio de la literatura, cuando los elementos biográficos se confunden con los fantásticos. Tuve la idea del psicoanálisis porque la novela, que sería parecida a una autobiografía, debía nacer de una necesidad íntima, de una inquietud interna, como ocurre cuando un paciente se dirige a un psicoanalista profesional.

De verdad, siempre he creído que la literatura se sobrepone al psicoanálisis, y viceversa. Pero ahora las cosas se han complicado y, no estoy exagerando, yo mismo no sé qué es verdad y qué fantasía.

—No creo que para ti sea importante esta distinción —precisa con lucidez mi mujer, paladeando con calma los posos de café. Su costumbre cuando le llevo el café es beberlo a sorbos durante una infinidad de tiempo—. Psicoanálisis o literatura, tú logras lo que quieres, que es escribir una nueva novela y viajar dentro de tu psique. ¿Es verdad que sufriste una violación homosexual? ¿Es verdad que solo con dos mujeres has tenido relaciones sexuales completas? ¿Es verdad que has construido un mundo sexual abstracto lleno de anomalías imaginarias? ¿Es verdad que tu madre lloró cuando supo que querías casarte? ¿Es más literatura o más psicoanálisis? ¿A quién le importan estas preguntas? —Mi mujer interrumpe su explicación, toma de la mesilla mi ensayo *Diario mínimo de escritor principiante*, que tiene siempre ahí para documentarse sobre mis ideas literarias, lo abre y lee con mucho énfasis—: «Es literaria la obra que entra en los rincones de casa sin avergonzarse de sacar y mostrar lo que las sombras ocultan, y que cuenta cualquier momento de la vida de alguien, sin tener vergüenza de presentar crueldad y vituperio».

—¡Lee más adelante! —sugiero, recordando el trozo de mi libro—. En el punto en que escribo: «La literatura es surrealista».

—«Es irónica, es cínica, es erótica, es manifiestamente provocadora, no admite censuras ni técnicas ni morales. Describe el coito más impetuoso entrando en la cama de los dos amantes, ya sean heterosexuales u homosexuales. Ninguna descripción sexual, ni siquiera la más detallada, puede considerarse pornografía. La blasfemia y el ateísmo son categorías inconcebibles». —Aquí mi mujer interrumpe la lectura, me mira con profunda simpatía y, mientras coloca el libro sobre la mesilla, observa—: ¡Cuántas hermosas ideas expresaste en tu breve pero intenso ensayo! Si has escrito que nada puede censurarse en literatura, lo mismo tiene que ocurrir en psicoanálisis. Por tanto, no te dejes llevar por el desaliento y sigue con tu relato. Siempre seré tu psicoanalista matutina y tú serás el paciente disponible para sacar a relucir su mundo íntimo.

—No es fácil seguir lo que empecé con mucho gusto, que paulatinamente se ha convertido en algo escabroso. No quiero escribir un libro de memorias. Ya han sido escritos durante la historia de la literatura muchísimos libros de memorias, algunos más importantes y otros menos. Todos estos escritores tenían que describir una vida exitosa, o por lo menos significativa, como ejemplo para las nuevas generaciones. Yo no quiero dar clases a nadie, ni a hombres ni a mujeres. Ni a jóvenes ni a mayores. Además, recuerdo que apenas me jubilé, encontré a un viejo amigo mío, al que no veía desde hacía mucho tiempo, que me preguntó: «Ahora que estás jubilado, ¿qué harás?». Yo le contesté: «Seguiré mi pasión juvenil: escribir». «¡No, por favor! No escribas memorias también tú», me gritó.

—Tú no estás escribiendo un libro de memorias —me consuela mi esposa—. Estás escribiendo un libro sobre tu psique, es un viaje. Cuando me propusiste el juego del psicoanálisis, paulatinamente me di cuenta de en qué consistía el proyecto: con el pretexto de seguir conociendo tu ánimo, querías representar cuál es el valor de una vida, el sentido más profundo. Un arco de acontecimientos que son irrepetibles, que ocurren una sola vez, porque cada vida es única y no se repite.

—Hermosas palabras las tuyas. Estimulantes. Muchas gracias, mi amor. Verdaderamente intento psicoanalizarme, iría a un psicoanalista profesional. Veo que también se produjo algo psíquico. Sin quererlo, sin darme cuenta, inconsciente, saqué el tema del sexo. Y la novela, como es propio de la literatura, aprovecha la ocasión y cobra forma en lengua española, que me apasiona, porque es un idioma que me empuja a lo que es esencial y a reflexionar cada concepto. Me veo obligado a detenerme en cada palabra, adjetivo, verbo, adverbio. Entonces, escribir es una importante investigación, un desafío constante. Por eso no se trata de un libro de memorias, es decir, una autobiografía, ni siquiera de un ensayo sobre los temas que la vida a menudo nos pone. Estoy, por tanto, escribiendo un libro sobre instantes de mi existencia, una pequeña partícula, que a nadie le importa. Quizás tú al final querrás leer lo que escribí para analizar los comentarios que el café nos sugirió. Creo que así es como está hoy en día la literatura: algo muy minimalista. Me siento muy cercano al escritor portugués Fernando Pessoa.

Hago una pausa un momento y luego le pido que me pase mi ensayo de la mesilla. Quiero leer unas líneas de Pessoa allí reproducidas.

—«Todo lo que hago ahora», escribe el portugués, «todo lo que siento, todo lo que vivo, no será más que un transeúnte menos en el día a día de las calles de cualquier ciudad».

—Esta es una visión muy estrecha de la vida, incluso de la vida de un escritor, de un artista —señala mi esposa—. Debes tener un propósito, tienes que saber aspirar al éxito en la vida. No puedes tener solo renuncia, solo mediocridad.

—Aquí podríamos iniciar una nueva sesión —le propongo, sin abordar el tema planteado por mi mujer psicoanalista—. Si no inmediatamente, durante el café de mañana por la mañana.

—Esta mañana tengo tiempo, comencemos enseguida. El tema es sumamente interesante, cambia el horizonte de tus intereses. Son otros caminos de tu psique, así que afrontemos con nueva energía lo que quieres sacar a la luz desde dentro.

—Lo que se agita en mi psique es siempre un río incontrolable. Van pensamientos, recuerdos, sueños. La vida es acumulación de experiencias en contradicción.

—¿En toda tu vida no has buscado éxitos, independientemente de lo que luego pasara? No sé, el éxito en el ámbito político o en el ámbito profesional. Cuéntame sin ningún orden tus aspiraciones desde que eras niño.

—No, no me puse ninguna meta desde niño. Ni siquiera tenía ganas de cualquier éxito. Mi deseo estaba en permanecer en el líquido amniótico, allí nadar protegido por el cariño materno.

—Vale, hemos averiguado qué ha sido para ti el útero de tu madre, también incluso desde un punto de vista metafórico. Pero, mientras crecías, ¿no tuviste ninguna idea de qué hacer en tu vida profesional como adulto?

—No, o por lo menos sin mi conciencia.

—¿Qué quieres decir?

—Eran los demás quienes decían cómo me veían cuando fuera adulto.

—¿Y tú te veías reflejado en lo que decían?

—Para mí eran cosas sin importancia. Yo permanecía en mi isla feliz, con mi madre. El mundo adulto no me pertenecía. Estaba bien donde estaba. Una vez mi madre me dijo: «Me gustaría que llegaras a ser un hombre de Iglesia». Y mi padre la corrigió: «Para ti veo una brillante carrera militar». Yo sonreía, me obligaban a verme como cura o como soldado. Y yo me preguntaba: «¿Puedo ser un cura o un soldado quedándome en mi ambiente amniótico, es decir, con mi madre?». ¡Por supuesto que no! Una vez le pregunté a un clérigo cómo podría ser cura sin apartarme de mis padres. Él se irritó y me dijo que en el evangelio quedaba claro que quien quiere seguir a Jesús tiene que apartarse de su familia. «Por tanto, tú jamás tomarás el hábito, olvídate de ese futuro para ti», me dijo.

»Ser un soldado me atraía cuando era niño, cuando jugaba a la guerra con los amigos del barrio. Era un juego largo y complejo. Pero siempre fue un juego que me empujaba a un mundo fantástico, todo construido por mi imaginación, en que la justicia vencía siempre. Por eso me apartaba de los amigos y jugaba a solas. Cuando llegó el día de la llamada al servicio militar, que en ese entonces era obligatorio, entré en pánico. Mi madre trabajó duro para que me eximieran del servicio militar, y mi padre estaba convencido de que debía enfrentar el concurso para convertirme en oficial del ejército. Está claro que me puse del lado de mi madre, que sin decirle nada a mi padre me condujo al Comando General. Fijó una cita con el coronel y los dos solos nos presentamos por la mañana. Fue una escena humillante, mi madre rogaba al coronel que me evitara el servicio militar, y el coronel seguía preguntando: «¿Por qué? ¿Tiene quizás alguna enfermedad? ¿Cuál? Dígame. Porque si su hijo es macho y no tiene enfermedad física significa que tiene una enfermedad mental. ¿Usted quiere que su hijo sea declarado enfermo mental? Creo que no. Por eso, deje partir a su hijo para el servicio militar. Tiene que apartarse por un tiempo de sus padres, que son muy posesivos». Habría querido decirle al coronel que mi madre no era posesiva, ni siquiera mi padre, pero no dije nada para protegerla. Nos fuimos muy tristes.

»Logré aplazar el periodo de servicio militar por mis estudios universitarios. Sin embargo, cuando al final llegó el día de ir fue para mí un drama. También porque coincidió con el periodo en que tomé una convicción pacifista, que maduré en los años de la insurrección juvenil del final de los años sesenta.

—¿Entonces hubo en tu vida un momento en que saliste fuera de tu líquido amniótico? Tomaste parte de un proyecto político, de un movimiento que luchaba en contra del militarismo, en contra de los ejércitos, en contra de las armas, para lograr un éxito de paz entre los pueblos, entre las naciones. ¿Qué hiciste de pacifista poniéndote el uniforme militar?

Como es su costumbre, mi mujer me empuja a un callejón sin salida, pero esta vez no quiero rescatarme mintiendo.

—En primer lugar, no quise llevar al extremo mis ideas pacifistas expresando objeción de conciencia y rechazando del servicio militar obligatorio, pues esto habría conllevado permanecer en la cárcel años. La solución fue evitar mi participación en el concurso de oficiales cadetes, como quería mi papá. Sería solo soldado raso.

—¿Y así ocurrió? —pregunta mi mujer, intrigada.

—Sí, hasta que, para no ser alejado del cuartel que quedaba cerca de la ciudad de mis padres, tuve que aceptar subir de grado. Fue un compromiso muy angustioso. No me gustaba ser cabo de escuadra de mis compañeros de armas. Lo juzgaba contrario a mis principios antimilitaristas, pero me veía en un callejón sin salida. Me parecía estar loco, no deseaba mostrarme lejano de mi país y tampoco quería traicionar mis principios. Acabé recurriendo a la artimaña de los que en guerra no quieren combatir y se provocan lesiones, lo que es condenado con mucho rigor por las autoridades judiciales militares. Me herí con una piedra dos dedos de la mano izquierda. Me causé mucho dolor y mucha sangre. En enfermería dije que las heridas se debían al cerrojo del rifle. No me creyeron. El enfermero militar solo me dijo que la autolesión era algo muy serio en el ejército. Al final, después del vendaje, logré diez días de convalecencia.

—¿En casa te creyeron?

—Mi papá no, y mi madre estuvo feliz de tenerme en casa y tratar mis heridas.

—¿Ya estabas con tu primera mujer?

—Sí, ya estaba comprometido. Ella apreció mi acto, porque compartía valores antimilitaristas conmigo.

—¿Hay otros hechos que atañen a tu lucha contra el ejército? —pregunta mi mujer psicoanalista con evidente ironía.

—Para mí era algo importante. Tenía un objetivo, tenía que hacer algo revolucionario. Por ejemplo, rechazar todo lo que pertenecía a la cultura militar.

—¿Como disparar?

—Sí, el pacifista nunca toma un rifle en la mano para disparar.

—¿Y tú pudiste negarte a tomar el rifle y disparar? —pregunta, esta vez con genuina curiosidad.

—Todo lo que hacía tenía que hacerlo con sumo cuidado. No quería comprometer mi libertad. Luchar, sí, pero sin graves consecuencias para mi persona como ciudadano libre que está en el servicio militar obligatorio por un corto periodo.

—¿Y cómo?

—Buscando soluciones que podían garantizar mi vida privada sin dejar de cumplir con los principios del pacifismo. Por ejemplo, una vez estábamos en la playa tumbados en la arena caliente para aprender a disparar con el rifle. Ante nosotros estaban las formas hacia las que teníamos que dirigir los proyectiles. El cabo me entregó el rifle cargado y me mandó disparar. Yo tomé el rifle, pero no entendía de dar en el blanco ni apretaba el gatillo. La suerte me favoreció, porque el rifle se trabó y no pude disparar. Mi cabo maldijo y siguió gritándome que disparara. Luego, viendo que la ejecución no se llevó a cabo, tomó él el arma y disparó todos los tiros, vaciando el cargador.

—Te fue bien. ¿No hubo más ejercicios de fuego?

—Con el rifle, no. Por tanto, mi victoria fue no haber aprendido a disparar. Otro éxito para mí y para los principios antimilitaristas lo logré durante la preparación para aprender a lanzar granadas. El hecho de que arrojara una granada inocua a los pies de un oficial que estaba allí para supervisar los ejercicios hizo que quedara excluido de la posterior ejecución con granadas ofensivas. Era un recluta peligroso, así que era mejor que estuviera al margen.

—Todos esos éxitos te proporcionaban felicidad porque satisfacían tus ideas pacifistas. ¿Contribuyeron al triunfo de la paz?

El sarcasmo de mi mujer es evidente, lo que me molesta, porque no es de psicoanalista.

—Yo creo que los que luchan por los demás primero lo deben hacer por sí mismos, para sentirse bien con sus principios, con su conciencia. Hay individualismo antes que colectivismo. La vida es individual, es de quien ha venido al mundo. Sacrificarla por los demás es perderla. Y la vida es sagrada, siempre. Por eso no creo en las ideas colectivas, en las ideas de patria, en las ideas de comunidad.

—Pienso —comenta mi mujer— que eso es lo que crees ahora y no lo que creías entonces durante tu tiempo en el ejército.

—Puede ser, pero siempre ha sido fundamental mi interés particular, como estar en el líquido amniótico. Me he defendido siempre de las grandes ideologías. Me gustaba compartir, pero siempre protegiéndome. Cuando durante el primer período del servicio militar tuve que jurar fidelidad a la patria callé y no grité en contra, como pedía la lucha antimilitarista. Así como, cuando estudiante, les dije a los policías que me detuvieron durante los disturbios en la calle que yo estaba allí al azar y no conocía los motivos de la protesta, lo que en parte era verdad. No he profundizado jamás en las disputas sociales y políticas.

—Pero no siempre funciona el interés privado —subraya—. Puede también causar perjuicio. ¿Sufriste durante el servicio militar alguna consecuencia por haber defendido solo tu interés individual?

—Esta pregunta me hace recordar un acto individual, privado, que no tenía nada ver con la lucha antimilitarista. Por un tiempo me encontré en un cuartel no muy lejano de casa de mis padres y, sin esperar el permiso de libre salida, una tarde me alejé a escondidas, pero el centinela de la puerta del cuartel me notó y me solicitó que me parara. Sin embargo, no me quedé y me precipité para tomar el coche de línea. Al regresar al cuartel aquella noche fui identificado y encerrado en la celda de rigor. Al día siguiente, el coronel, después de unas palabras de reproche, me dio quince días de reclusión simple, sin poder salir nunca del cuartel. Los quince días pasaron, pero no fueron latosos, porque mi novia venía cada día al locutorio del cuartel para estar conmigo muchas horas.

—¿Te fue bien?

—Sí, me fue bien, y me sentí muy orgulloso alabando mi lucha antimilitarista, aunque para lograr un interés privado, individualista.

La nueva sesión matutina de psicoanálisis empieza con una pregunta sobre el militarismo.

—¿Cómo te marcó el servicio militar obligatorio la vida?

—El servicio militar y la lucha antimilitarista fueron un interés superficial. Sentí haberme provocado lesiones personales voluntariamente, que era algo inaceptable; hacerse mal a uno mismo no está bien, porque la salud tiene que ser siempre protegida. Por lo demás, ese momento de mi juventud lo juzgué como malgastar el tiempo, excepto para ofrecerme unos cuantos ratos de concentración psíquica, sobre todo cuando hacía turnos de guardia a altas horas de la noche.

—¿Qué es para ti la concentración psíquica?

—Es algo especial, es volver a mi líquido. Ocurre cuando hay una naturaleza sorprendente, como la de por la noche, que hay silencio y tinieblas, estrellas que brillan en lo alto y alrededor de ti parece que danzan sombras como un soplo ligero.

—¿Vuelve a entrar en juego tu imaginación, tu mundo interior?

—Desde la infancia, quiero siempre quedarme a solas un rato de mi jornada.

—¿Cuáles eran los pensamientos durante el servicio de guardia de noche?

—Como había acabado los estudios en la Universidad, me gustaba recordar lo que había aprendido, sobre todo la literatura antigua, la griega y la latina. Al principio pensaba entregarme por entero a la literatura, ser escritor, escribir poesías y novelas, o componer poemas sobre los temas de mi vida e imaginación.

—¿Y por qué no fue tu elección para tu futuro? ¿Por qué has esperado a la jubilación para entregarte a la literatura? Convertirte en escritor ahora me parece que no te dará éxitos.

—Son muchas preguntas a las que no sé contestar de manera puntual. Por supuesto, no tenía las ideas claras, sabía que mi vida tenía que ser entregada a los estudios y a la literatura. Todo eso hasta la conclusión de mis estudios. Aunque me había licenciado en Filología Clásica, no quería seguir estudiando los manuscritos antiguos, por la definición de glosa exacta, más pertinente al texto original. No, mi deseo era escribir, pero me detuve. Eran tiempos de contestación global, y sentía que mi compromiso debía ser con la revolución, la humanidad y la civilidad. Eran también los años en que estaba con mi primera mujer, que compartía conmigo las mismas ideas. Entramos en un grupo católico de izquierdas que luchaba por la igualdad entre ricos y pobres, entre hombres y mujeres, por la emancipación de los ciudadanos, que debían iniciar los obreros. Los lemas eran: «¡El pueblo unido jamás será vencido!», «¡Obreros, estudiantes, unidos en la lucha!», «¡Burguesía mierda! ¡Arriba proletariado!». En esta lucha no había lugar para los estudios, para la literatura, para encerrarme en mí mismo. Todo tenía que ser política, ser una lucha continua; así se llamaba en Italia un equipo de extrema izquierda que publicaba un periódico de lucha, el cual deshojábamos para reforzar nuestras ideas revolucionarias. Los únicos estudios permitidos en el grupo era el análisis de los textos de Karl Marx y, sobre todo, la lectura del *Manifiesto comunista*. Otro texto que se leía desde un punto de vista político y revolucionario era el evangelio, cuyas palabras nos empujaban a una vida sin matiz: ¡sí, sí, y no, no!

—Me parece un rigor excesivo. ¿De esto estabas convencido?

—Yo cogía solo el imperativo moral. No me centraba en el problema de si el camino revolucionario era justo. De Marx no leí casi nada, y del evangelio, pocas páginas. En mí había solo adaptación ignorante. Pero mis elecciones privadas tenían que ser de renuncia y en pro de los pobres, de los marginados. Renuncié a la literatura, a los estudios filológicos, y mi mujer y yo decidimos llevar la revolución a la escuela, pues fuimos profesores de Educación Secundaria Obligatoria. En la escuela podíamos encontrar a chicos de familia proletaria. Para nosotros era como dar clases a los subalternos.

—¿Tu padre cómo vivió tu elección de ser profesor de secundaria? Creo que habría querido que dieras clases de griego y de latín en una escuela superior, ¿verdad?

—Sí, es verdad. Le dije a mi padre que para mí era una elección muy importante. Podría difundir la cultura entre el pueblo, la mía era una misión revolucionaria. Llevaba la emancipación a la clase obrera.

—¿Creías en ello convencido?

—Al comienzo, sí. Me parecía que todo dependía de mí. En primer lugar, ningún estudiante tenía que ser cateado. En los consejos de clases, al final del año escolar, durante la evaluación luchaba como un león para impedir que los escolares con dificultad cognitiva fueran suspendidos. Normalmente, los que mostraban ignorancia llegaban desde la clase social más pobre. Y yo estaba a favor de los ignorantes, porque pertenecían al proletariado. Era muy criticado por mis compañeros y por el director. Me acusaban de destruir la escuela, de rebajar la enseñanza y de hacer perder cada acto educativo. Yo contestaba que bien sería que se destruyera la escuela, porque era una escuela burguesa.

—Creo que esa vez hacías las cosas convencido —observa mi mujer, y añade—: Quizás fue la única vez.

—Paulatinamente me di cuenta de que no era una razón política o social la que me empujaba a defender a los alumnos débiles, sino mi rechazo a dañar a alguien. O, mejor, no defraudar las expectativas de ninguno. Descubrí que en las relaciones con otras personas actuaba de tal manera que pudiera satisfacer lo que ellas deseaban, o lo que esperaban de mí.

—Eso ya lo demostraste cuando me contaste acerca de las relaciones con las mujeres. Me parece algo grave, porque manifiestas que no tienes personalidad, no eres autónomo. Por eso aceptas todo, todo te va bien.

—Ahora me estás juzgando, lo que no es admitido en psicoanálisis. Tú eres mi psicoanalista, no puedes juzgar al paciente. La verdad es que en mi vida siempre he intentado no decepcionar a los demás. Eso me ha ocurrido en las relaciones tanto privadas como públicas. Para estar bien tengo que consentir y complacer, lo que me hace amable y agradable. En verdad, digo más: no tolero que alguien tenga animadversión hacia mí, es un remordimiento que no me hace estar sereno, tranquilo.

—Se llama complejo de culpa —precisa mi mujer, ostentando competencia psicoanalítica—. Tendremos que profundizar en psicoanálisis.

—Más que complejo de culpa, creo que es necesidad de gratificación. Tengo la necesidad de que los demás hablen bien de mí. A mi alrededor hay que oír solo elogios y buenas evaluaciones tanto por mi carácter como por mis conductas. Por supuesto, todo eso me crea ansia, no me proporciona tranquilidad, pero me da también una gran satisfacción interior.

—Es un aspecto nuevo de tu personalidad —subraya—. ¡La búsqueda de gratificación puede ser algo importante para lograr éxitos!

—Si sigo ahondando en mi psique, noto que siempre he buscado gratificación, buenas palabras hacia mí; para empezar, las de mi madre. He intentado siempre lograr que hablen bien sobre mi comportamiento. En la escuela, como alumno, hacía de todo para que las profesoras me evaluaran positivamente. Recuerdo la felicidad que sentía cada vez que la profesora de latín y griego declaraba ante todos los alumnos mis éxitos con mención de honor. Creo que fue este sentimiento el que, a pesar de mis ideas políticas contrarias a los éxitos burgueses, me empujó a participar en el concurso para ser director de un instituto de enseñanza media. Desafortunadamente, mi padre no pudo alegrarse conmigo por el éxito del concurso, porque había muerto años antes. Lo sentí mucho, porque era muy destacado en él el espíritu de competición en los concursos escolares. En cada evaluación de los exámenes universitarios, si no alcanzaba la máxima puntuación, me preguntaba por qué no la había logrado. Sin embargo, luego se complacía conmigo por cualquier éxito. Durante el examen me esperaba frente a la universidad, y cuando salía me invitaba enseguida a tomar un trozo de pastel con café en un bar. Fueron momentos inolvidables de mi currículo universitario.

»Ahora que había alcanzado un nivel profesional muy importante habría sido feliz por ver a su hijo en un lugar de mando. No olvidaré jamás cuando él se sentó en los primeros asientos, con la palma de la mano detrás de la oreja para escuchar mejor, y siguió mi informe con mucha atención en la exposición de mi tesis de licenciatura. Seguro que, como director, lo habría acogido en mi despacho y le habría expresado todas mis aspiraciones profesionales.

—¿Y la revolución, la lucha contra la burguesía, contra el poder y sus éxitos?

Mi mujer psicoanalista quiere empujarme a la contradicción.

—Efectivamente, podía ser una contradicción entre la búsqueda de éxito, de una posición gratificante en la sociedad, y el compromiso para una sociedad más justa, renunciando a una vida privada. En verdad, mi interés en ese entonces se enfocaba en verme en actos profesionales importantes. Quería ir adelante, profundizar en un perfil profesional más destacado en mi sector laboral, hasta alcanzar un lugar en el Ministerio de Educación y Ciencia. «¡Adelante!», ese fue mi lema. Intenté varias veces enfrentar los exámenes orales previstos para la admisión a lo largo de dos años renovables en el Ministerio, dejando la escuela donde era titular. Hasta que logré el cargo en el Ministerio. Tú recordarás este periodo porque ya estaba contigo. Me percibí importante en el nuevo perfil profesional, estaba en un centro de mando. Mucha gratificación y mucho que aprender del mundo gobernativo y administrativo. La primera vez que crucé el umbral del palacio ministerial me pareció alcanzar una gran meta. Mi padre habría estado orgulloso de mí.

—Nunca me dijiste lo que representó para ti el cargo en el Ministerio —observa mi mujer—. Claro que este cargo supuso un fastidio para nuestra pareja, pues teníamos que estar apartados por unos días a la semana.

—Para mi psique fue algo maravilloso. Estaba bien en mi interior. ¡Conocimiento y gratificación!

—Entonces, ¿te dolió dejar el puesto tras tu primer año para estar de nuevo juntos y volver al perfil de director de escuela? —pregunta mi mujer, quitándose la máscara de psicoanalista y tomando el papel de esposa.

—¡No! —contesto sinceramente—. También porque tenía en mente seguir avanzando en mi carrera y quería convertirme en inspector escolar del Ministerio, participando en una sucesiva oposición pública.

—¡Lo recuerdo!

—La oposición fue para mí una experiencia extraña.

—¿Por qué?

—Creía que trataría de mi experiencia como hombre de escuela; en cambio, fue una prueba de cultura general. Los tiempos de desarrollo fueron bíblicos, y al final quedé excluido: no me convertí en inspector. Por lo tanto, mi currículo profesional se acabó como director de escuela. Por el fracaso, en un primer momento, me sentí un poco decepcionado, pero después fui feliz, porque regresé a un perfil de liderazgo, lo cual me gratificaba enormemente por la interacción con estudiantes, profesores y familias. Mi papel como director fue verdaderamente fundamental.

—Háblame de por qué el perfil de director de escuela secundaria te gratificaba, a pesar de las muchas responsabilidades.

Mi mujer es hábil en agarrar los hilos de mi navegación psíquica. Me gusta comentar esos asuntos con referencia a la profesión de director de colegio, de la que nunca se analizan los aspectos emotivos.

—Para mí era encantador cuando alguien, profesor, estudiante o padres de alumnos, accedía a mi despacho, cuya puerta, por mi disposición, siempre estaba abierta durante el día de servicio. Con amabilidad acogía al solicitante, escuchaba con atención la exposición del problema, bien de necesidad, bien de deseos. Era una escucha muy empática por mi parte. Solo cuando la narración se acababa, intervenía yo. Así daba la impresión de que compartía el problema, la necesidad representada. Y le contestaba describiendo bien el asunto, desde cualquier punto de vista. La dificultad venía cuando el problema del estudiante o de los padres tenía que ver con el comportamiento fuera de tono profesional de algún profesor. En verdad, me hallaba en la imposibilidad de encontrar soluciones enseguida, porque eran dos intereses que chocaban. A uno de los dos tenía que disgustar, lo que me generaba ansiedad. Iba contra los principios de salir en ayuda de todos, sin excluir a nadie.

—Había momentos en que tenías que decidir, ¿no? —pregunta un poco molesta.

—Exactamente, eso ocurría. Lo sentía mucho, estaba incómodo por pensar que alguien podía sentir aflicción por mí. No sabía qué hacer. Intentaba restablecer las relaciones, pero a menudo sin éxito, lo que para mí era gran fracaso. En esos momentos, los pensamientos de rescate eran los del líquido amniótico. Escapaba de una realidad insostenible. En ese entonces no me gustaba el rol profesional de director. No me gustaba pensar que las soluciones halladas eran por el bien de la escuela y de los jóvenes, también cuando los comportamientos denunciados eran bastante graves. No quería nunca dañar a alguien por acusaciones infamantes, solo amonestar, presentar las consecuencias de comportamientos inoportunos, pero nunca dañar con denuncias a la Fiscalía.

—¿Sabes cómo se llama esa actitud? Ley del silencio, es decir, complicidad.

—Creo que jamás he sido cómplice de nada. Creo que no se puede ser superficial ante asuntos muy delicados. He dado siempre importancia como director a la legalidad. Y ante una acusación grave, pedía una declaración escrita. Tal petición a menudo desanimaba al acusador.

—A propósito de legalidad, teniendo en cuenta tu pasado juvenil revolucionario, ¿cómo viviste las manifestaciones estudiantiles, como las huelgas o la ocupación del edificio escolar?

Mi mujer me asombra, pero creo que viví con coherencia mi cultura política.

—Apenas había señales de huelga o de ocupación, invitaba a mi despacho a los estudiantes elegidos como representantes escolares y empezaba con ellos una negociación que pudiera satisfacer su derecho a la protesta y, al mismo tiempo, el derecho de servicio escolar para los demás que no participaban. Se trataba de acordar los tiempos y métodos de la protesta. Pero no siempre funcionaba. También porque en el encuentro no estaban los que no se reconocían en ninguna representación.

»Recuerdo un acontecimiento muy significativo y que me gratificó mucho. Los estudiantes tenían intención de ocupar el edificio escolar y empezar una semana de autogestión. Los profesores no podrían dar las acostumbradas clases, y serían los ocupantes quienes propondrían los temas para clases alternativas. Una vez tuve conocimiento de esa intención, llamé a los representantes de los estudiantes y empecé una larga negociación. Se llegó a la decisión de que no ocuparían el edificio y, por mi parte, permitiría en algunos lugares de la escuela que dieran clases alternativas con profesores disponibles, mientras los demás estudiantes pudieran seguir las lecciones regulares. El acuerdo fue firmado por ambas partes.

»A la mañana siguiente, un gran número de estudiantes no ingresó a sus respectivas aulas y se instaló en el patio interno del edificio, iniciando efectivamente la ocupación. Para mí fue la chispa que excitó mi alma revolucionaria. Fui con los ocupantes al patio, tomé el megáfono con el que los estudiantes difundían sus lemas y grité que ellos no estaban cumpliendo nuestro acuerdo. También dije que así no se hacía una revolución y que era una verdadera traición a los valores estudiantiles. Entonces, después de un momento de turbulencias, propuse que volviéramos a nuestro acuerdo para que ese momento de contradicción se pudiera resolver. Y así sucedió. Pudimos comenzar a cumplir el pacto. Al final demostré una capacidad de gestionar situaciones de conflicto gracias a mi experiencia política juvenil.

—Hazaña épica la tuya. Nunca me contaste ese momento. No olvides que el tuyo no fue un acto revolucionario, sino de poder. Tú representabas a la institución que obstaculizaba la asamblea estudiantil.

—No te conté nada —preciso— porque lo consideré un acontecimiento normal, de rutina diaria de gestión de la escuela. Ni lo viví como una contradicción con mis ideas juveniles, sino como algo importante, como un éxito de mi profesión de educador. Éxito profesional que pude verificar al día de mi jubilación, cuando todos los alumnos del instituto, durante el descanso de las clases, salieron fuera de las aulas y ocuparon el patio interior del edificio para aplaudirme y festejar mi jubilación. Fue la máxima gratificación que los estudiantes pudieron expresarme por mi gestión de la escuela y por toda mi atención y cariño que les dediqué. No olvidaron mi compromiso: todas las mañanas los esperaba ante el portal de la escuela para darles la bienvenida antes de que ingresaran a las aulas.

—A propósito de la jubilación, me gustaría comentar este asunto para que desnudes lo que se agitaba en tu psique en el momento de decidir que tu profesión tenía que acabarse.

Mi mujer me está empujando a abrir una nueva ventana para mirar dentro de mi caótico mundo. Nunca me lo había planteado hasta que mi carrera profesional se acercó a su conclusión.

—Cuando me di cuenta de que a corto plazo debería dejar la escuela definitivamente, tuve vértigos, pensé en el vacío que se apoderaría de mi vida diaria —le confieso—. No dije nada a nadie, era un problema en mi cerebro. Lo que me daba miedo era la repentina falta de atención hacia mí que se creaba en la escuela con la presentación continua de pedidos, problemas y exigencias. De la noche a la mañana no fui nadie. Durante muchos años había sido un punto de referencia, todos me buscaban, todos tenían urgencia por contactarme, por escuchar mis opiniones. Existía riqueza de relaciones, de interacción social. De noche tenía pesadillas, no sé si te percataste.

—En verdad, no. En ese entonces te encontraba tranquilo y muy determinado a jubilarte, a pesar de la posibilidad de permanecer en la profesión dos años más.

—No quise mostrarme muy vinculado a mi perfil de director, un perfil que antes añoraba mucho. Era perder la autoridad que la función me asignaba sin algún esfuerzo por mi parte, pero me gustaba dar la impresión de que estaba despegado de mi profesión. Por eso no pedí la permanencia. Y me encontré en el vacío. Un vacío interior, que bien ocultaba, también a ti.

—¡Creo que esta vez quitarse la máscara puede ser útil! —sentencia la psicoanalista.

—No, solo en una sesión psicoanalítica puedo hacerlo. En psicoanálisis me encuentro tranquilo, es como estar en mi líquido amniótico. No le habría dicho nunca a nadie que la falta de mi profesión era como estar al borde del abismo.

—¡Inconcebible!

—Apenas jubilado, enseguida me faltaron los encuentros colectivos, tanto de los profesores como de los estudiantes. A mí me encantaba hablarles a muchos que te escuchan y te miran interesados, aunque sea solo en apariencia. Me encantaba organizar los temas de las intervenciones. Y qué decir de cuando tenía que convencer a los padres y sus hijos en asamblea pública para la matrícula en mi escuela. Daba lo mejor de mi retórica, y me sentía en el séptimo cielo con los largos aplausos o escuchando juicios halagadores sobre mi discurso. Y durante los primeros días de la desconexión, ¿dónde lograría tanta gratificación?

—Sin embargo, parecías feliz, un hombre libre, listo para festejar su jubilación e invitar a amigos y familiares a cenar en restaurantes muy caros.

—Fue una borrachera para esconder mi desasosiego, el porvenir me asustaba, pues auguraba una terrible soledad. ¿Te acuerdas de cómo alababa el tiempo libre que podría aprovechar, diciendo que con la jubilación al final sería dueño de mi tiempo? Fue una gran mentira. El miedo y la angustia me afligían.

—Te propuse que dieras clases privadas de latín.

—No, habría sido una herramienta inútil. Aprecié mucho la decisión de adoptar a un perro cachorro.

—Sin embargo, al principio te mostraste en desacuerdo.

—Sí, porque, como sabes, nunca tuve un perro. Lo veía solo como malestar. Me faltaba ir a la escuela temprano por la mañana y saludar a estudiantes y a profesores. En ese entonces pensaba en los días del abandono de mi rol y me imaginaba como un hombre desesperado que, jubilado, escondido, iría alrededor del edificio escolar y, desde lejos, participaría en la entrada escolar matutina. Por supuesto, nunca jamás he hecho eso, lo juzgaba muy humillante. Además, y tú también lo sabes, siempre he evitado volver a la escuela a saludar o para asistir a iniciativas culturales.

—Sin embargo, ¿no me confesaste durante los años de trabajo que para ti era importante tener tiempo libre para entregarte a tu pasión juvenil, la escritura? Entonces, ¿por qué no te hacía feliz tu jubilación? Yo de verdad así lo creía. Me dije: «Ahora mi amor tiene todo el tiempo para ser un verdadero escritor, y me dedicará sus obras literarias».

—Déjalo ir. Alguien me dijo que un verdadero escritor no espera el tiempo futuro para entregarse a la literatura, no espera a los tiempos libres, pues si tiene el empuje creativo lo hace siguiendo su inspiración. Ese juicio me pesaba y seguí preocupándome. ¿Y si, efectivamente, jubilado no fuera capaz de crear narrativa? Te confieso que en ese entonces los primeros días de jubilación me crearon gran caos. Y luego ser escritor no me proporcionaba compañía, relaciones sociales, vida pública, sino solo mucha soledad. Tenía que llenar mi gran vacío durante gran parte del día.

En este punto mi esposa quiere detener la sesión.

—Paremos un segundo. Estoy confusa por lo que estás contando, no logro adoptar un perfil justo de psicoanalista. Lo siento si no percibí que estabas incómodo por la jubilación.

—No te preocupes, esto pertenece a la psique, a las sombras que nos acompañan cada rato de nuestra vida. Dejémoslo por hoy, nuestro juego tiene la necesidad de pararse cuando se sale de su marco y nos compromete. Esta es la razón por la que en una verdadera sesión de psicoanálisis no debe nacer ninguna relación equívoca entre galeno y paciente.

Mi vida cambió cuando me jubilé. Adquirí la costumbre de pasear mucho con la mascota que empezó a hacerme compañía. Tess fue el nombre que mi mujer quiso darle a una perrita muy guapa y bonita, como son los perros de raza *golden retriever*. Me robó el corazón rápidamente. Llenó mi vida solitaria y los paseos fueron ocasión para aprender a reflexionar.

—No sé si será oportuno hacerte preguntas para que pueda recordar cómo te veía durante los primeros años de tu libertad de trabajo.

Mi mujer ha empezado esta nueva sesión con más energía.

—No es importante lo que tú percibieras —le digo—, porque todo ocurría en mi cerebro. No pudiste ver dentro de él, por eso ahora lo estoy abriendo. Temía el vacío, pero la mascota y los paseos me fueron de ayuda. Sin embargo, no fue bastante. Me faltaba el compromiso diario que por años había llenado cada día de la semana.

—¿Entonces maduraste la idea de entregarte a escribir, a ser un escritor, a intentar la suerte literaria?

—¡No enseguida! Por supuesto, tenía que darme cuenta de que estaba a solas, aun con mascota, lo que fue un descubrimiento muy importante. La soledad no es una ausencia, una falta, sino un privilegio para el cerebro, para el espíritu, para el propio yo. El pensamiento era libre, mi mundo imaginario en todos los segmentos se podía desarrollar, era como reprender mi mundo amniótico. Fue natural que en ese punto fuera empujado a la escritura. Cuando estás dentro del imaginario, el arte expresivo se vuelve urgente. Recordé que de joven empecé a escribir porque a menudo amaba estar a solas.

—¡Tal vez tu destino era ser escritor! —anota mi esposa.

—No sucedió, porque la ideología revolucionaria de los años sesenta me empujó hacia otros senderos. Pero entre una huelga y un disturbio en la plaza, algo escribía. Tenía una máquina de escribir estropeada de mi hermano y hojas con comienzos de obras se acumulaban pensando en un porvenir incierto de escritor. Por entonces el marxismo no me permitió una costumbre burguesa.

—¡Entonces mantuviste en el tiempo el deseo de escribir! Te pregunto: ya que los libros publicados hasta ahora son muchísimos, ¿escribir te ha ayudado al final a vencer la soledad y la desesperación?

—En parte, sí. El compromiso para completar quince libros ha sido notable. Cada uno nacía en mi cabeza después de un proyecto literario imaginado. Por eso estaba convencido de que escribir podía darme de nuevo gratificación y éxitos importantes, como los de mi rol profesional. Por eso decidí entregarme a la literatura, no como entretenimiento, sino como un trabajo serio y casi profesional. En primer lugar, porque quería escribir novelas, ficciones, dando libre salida a mi imaginación, empecé a leer ensayos sobre las corrientes literarias de las novelas modernas hoy en día. Haciendo esto creía adquirir competencia y poder acreditar pensamientos críticos hacia un público interesado, como ocurría cuando ejercía mi profesión de director de colegio. Sería otra vez considerado y alrededor de mí tendría atención y escucha. Además, pensé que la publicación de mi libro debía suscitar necesariamente curiosidad entre exprofesores y exestudiantes. Y, por supuesto, muchos acudirían a las presentaciones de los volúmenes para escuchar mis evaluaciones críticas en temas de literatura. Me dije que tendría que crear también un diario de apuntes en el que registrar mis reflexiones, algo propio de quien quiere ser escritor o profundizar en el significado de la literatura y cuándo una obra es digna de ser mostrada. Además, deseaba reflexionar sobre ficción y no ficción.

—¿Son los apuntes que añadiste en el breve ensayo que tengo sobre la mesa de noche?

—Sí, forma parte de mi impulso frenético de divulgar, publicando todo lo que había escrito e iba escribiendo. Era como si quisiera recuperar un tiempo perdido o, mejor, entrar en un mundo nuevo como protagonista, sin conocer nada de aquel mundo, el de la escritura, la publicación, las editoriales y el negocio librero. Para mí era fundamental escribir para conseguir inmediatamente el éxito en las librerías y mostrarme ante un público de lectores intrigados por mi narración después de haber sido un estimado director de colegio.

—¡Me sorprende esa jactancia tuya! No la noté en aquellos días. Yo creía que para ti escribir debía ser un entretenimiento, una diversión, algo diferente para ocupar el tiempo libre por la jubilación. A decir verdad, esperaba de tu parte una novela ligera pero intrigante, es decir, una narración cautivadora; en cambio, ahora tu psique dice que te pusiste en otro trabajo serio, en otro compromiso.

—¡Pero me gustaba! —exclamo—. La vida que aparece no es la que se desarrolla en la psique. Escribir debía colmar un vacío, pero también tenía que ser algo serio. Me propuse enseguida que el contenido de mi escritura tenía que hacer reflexionar al lector y, además, remitirme a mi pasado y a mi vida. Para mí la literatura ahonda en la propia vida. ¿Recuerdas con qué energía trabajé? Un verdadero escritor se entrega a la pasión de escribir. Paseaba con el perro y soñaba con la publicación de los primeros libros, ciertamente de gran éxito.

—No recuerdo tu angustia literaria. Me dijiste que en poco tiempo buscarías la editorial para la valoración y la publicación de los manuscritos. Todo como un procedimiento normal.

—¡Ojalá fuera así! Fue una ducha de agua fría cuando empecé a buscar editoriales interesadas en publicar mis manuscritos. Me tropecé con una realidad desconocida, difícil, compleja. A cada envío por correo electrónico le seguía el silencio o una fría respuesta: «En estos momentos el manuscrito no tiene cabida dentro de nuestro catálogo editorial». Empezaba a volverme loco. Me sentí acorralado, no estaba acostumbrado a sufrir este fracaso. Consideraba que mis manuscritos eran dignos de ser leídos, llenos de motivos para reflexionar sobre la vida, y no comprendía por qué en la búsqueda de editorial tenía tan mala suerte.

—¿Estás hablando de ti o de otra persona? No percibí nada de ese desasosiego tuyo. Sin psicoanálisis no habría conocido nunca ese sufrimiento literario tuyo. Te repito, veía en ti felicidad, confianza en una nueva experiencia intelectual.

—Era la imagen que quería dar de mí —le confieso—. Me percibía como un verdadero escritor y no me gustaba parecer frustrado. Creía que todos, los exprofesores, los exestudiantes, los familiares y los amigos, esperaban mis libros. Era un exdirector que se había entregado a la literatura con seriedad y profesionalidad, pero las editoriales no estaban dispuestas a hacer emerger y documentar mi vena narrativa. No sabía cómo hacerlo. Decepcionado y desesperado, al final acepté que iba a publicar con editoriales que me pedían la adquisición adelantada de un número de copias del libro publicado. Fue la solución para tener imprimidos los libros, para parecer un verdadero escritor y ver mi libro en los escaparates de las librerías. En algunas de esas podría organizar presentaciones del libro publicado. Pero no fue fácil. ¿Recuerdas qué esfuerzo supuso organizar los eventos de presentación de mis obras y, al final, qué escaso público acudió?

Mi mujer se quita la máscara de psicoanalista y quiere consolarme.

—Para mí fue todo muy interesante —dice con complicidad—. Estaba orgullosa de tener como pareja a un escritor.

—A decir verdad, me faltó una verdadera valoración de los manuscritos. No tuve nunca a un editor que, tras leerlos, decidiera apostar por mi trabajo.

—Pero así has construido un currículo literario. ¿Qué es para el escritor el estreno? Darse a conocer a un público.

—¿Qué público? —pregunto perplejo—. Amigos y parientes, y siempre he estado convencido de que mis contenidos narrativos no interesaban a ninguno.

—¡A mí sí! —sigue apoyando ella mi actividad de escritor—. Yo siempre he leído tus obras. Me han gustado.

—Lo sé, y era feliz cuando te veía con mi libro entre las manos. Tuve siempre la mirada puesta en el éxito, la gratificación, y me alegraba si alguien decía que mi libro era interesante y lo apreciaba. Durante las presentaciones agradecí mucho firmar las copias y sentirme escritor. Pero ahora no es así.

—¿Y cómo es?

—Quiero interrumpir la sesión —digo de manera rotunda.

—¿Por qué?

—Porque estoy agotado. Este asunto sobre mi escritura ha creado en mí gran caos. Estaba convencido de que podía ser una tabla de salvación y, en cambio, ha sido algo complicado. En este momento pienso que mi salvación puede llegar gracias al psicoanálisis. Retomemos el tema con el café de mañana por la mañana.

Me bajo de la cama y me voy a la cocina a limpiar los utensilios del café.

No tuve el coraje de aventurarme enseguida en la selva enredada de la pura invención. Construir un mundo de ficción me espantaba, no sabía por dónde empezar.

Tenía la necesidad de encontrar una espalda en que apoyarme, por eso me inventé la función salvadora de escribir. Tenía que recuperar el pasado a través de los recuerdos, sobre todo con las hojas y los documentos que podría encontrar en casa.

Me surgió la preocupación de qué podría suscitar en el lector lo que contaba en mis textos. Fue una manera de censurarme.

Los lectores de mis obras eran amigos, conocidos, familiares, todos lectores forzados, porque yo fui quien les dio los tomos, tal vez con mi dedicatoria.

Al pulsar con mis dedos cada tecla del ordenador, ante mis ojos aparecía la cara de quien lo leería. Jamás pensé en un lector desconocido. ¡Mi inspiración no era libre!

La sesión esta mañana está caracterizada por la sonrisa con la que mi mujer psicoanalista nos recibe en la cama a mí y al café.

—Me gustaría que no te sintieras triste y agotado por tu actividad como escritor. Has escrito mucho, y podrás escribir aún otras novelas. Quizás tienes que creer más en ti como escritor.

—No, ahora para mí es diferente. No quiero el éxito a toda costa. Por supuesto, amo escribir y no acabará mi actividad. Además, ahora escribir en lengua española me permite ser yo mismo, experimentando un idioma que me parece acompañar los pensamientos de manera apropiada, más bien estimulándolos.

Los conceptos caben bien en las palabras, en los adjetivos, en las expresiones idiomáticas. Usar el idioma español me sienta bien. Me siento a gusto.

—Creo que es justo hacer lo que te gusta, pero así excluyes a muchos lectores que no conocen el español.

—Lo siento en parte. Estoy conquistando mi libertad expresiva, no tengo miedo de decir lo que pienso, y si no hay lectores no pasa nada. Que tú puedas leer mis manuscritos es suficiente.

—¿Entonces qué harás con tus escritos? —sigue preguntando mi mujer.

—No pasa nada si solo quiero el placer de escribir. He vencido el deseo de eternidad que buscaba al escribir. Antes, cada libro publicado lo entregaba a la biblioteca de mi ciudad para que se documentara toda mi producción literaria. Quería dejar huella de mi presencia en el mundo, a pesar de la minúscula partícula de vida que soy. Un deseo y sueño de grandeza. Orgullo, vanidad y, quizás, también soberbia. Creía que era alguien, que no podía ser ignorado, que era único, diferente, importante. Basta ya con esa altivez, tengo que bajar.

—Sin embargo, han sido interesantes los temas que has desarrollado en tus libros. Que no hayan abierto un debate público en la pantalla o en los periódicos no quita importancia a su trascendencia —precisa con un poco de ironía mi mujer.

—Muchas gracias por lo que dices, pero pienso en lo más profundo de mí que todo es vanidad, incluso si hubiera logrado un amplio debate sobre mis temas. ¿Crees que habría cambiado algo en el mundo? ¿Quizás habría menos violencia, menos desigualdades, menos muertes en la guerra y menos muertes de inmigrantes en el mar?

—¿Entonces?

—Entonces tengo que acortar mis expectativas. Con esto quiero decir que no tengo que creer mucho en lo que hago. Escribir, sí, pero para mí. Sin forjarme ilusiones.

—¿En psicoanálisis se puede, en tu opinión, hacer una síntesis? —pregunta de repente, con tono un poco misterioso.

—¿Qué quieres decir con eso?

—Quiero decir echar cuentas.

—Por supuesto, hemos dicho que en psicoanálisis no hay juicio sobre lo que surge de la psique. No es correcto expresar evaluaciones, ni por parte del paciente ni del psicoanalista.

—Quiero preguntarte, y no para evaluarte, ¿cuál fue tu verdadero interés en la vida? Si pienso en lo que te permite la supervivencia económica, yo diría el trabajo primero de profesor y después de director. Siendo escritor hoy sales perdiendo a nivel económico.

—¡Lo sé, lo sé!

—Hoy en día, si tuvieras que elegir entre el trabajo escolar o el de escritor, en igualdad de condiciones económicas, ¿cuál preferirías para toda tu vida? —continúa mi mujer, como siempre empujándome hacia un callejón sin salida.

El único arma que tengo es siempre la misma: la mentira.

—De las dos actividades, la que no se jubila es la del escritor. Escribir te acompaña siempre y puede seguirte más allá, en el abismo. No hay edad, es una variante de tu psique. Por supuesto, una profesión pública tiene un tiempo de desarrollo, llega la jubilación y estás jodido.

—Pero mi pregunta es: ¿cuál te gusta más? Es decir, ¿prefieres ser un escritor conocido o un valioso director por todos apreciado?

—Las dos cosas juntas —contesto un poco molesto.

—¿Cómo quieres que los demás te llamen: profesor, director o escritor? —me atosiga.

—No quiero que nadie me llame de ninguna manera. La verdad, no sé elegir. Me ha gustado ser profesor y después director, pero como he dicho, me gusta también escribir. Son actividades intelectuales y, para mí, la supervivencia vital de cada día está en la imaginación. Cuando cumplía mi rol profesional, actuaba siempre elaborando modelos operativos, tenía que evaluar mis acciones en función de ideas abstractas. Y escribir es lo mismo, como si la realidad no pudiera ser vivida por mí concretamente, sino solo en la imaginación.

—El tuyo es un análisis personal, un convencimiento sin soporte científico. Ni tampoco puedo ser yo tu referencia científica. Pero, volviendo la vista atrás, me parece que diste mucha importancia a tus obras si seguiste participando en muchos concursos literarios por cuenta propia…

—Sin obtener nunca un premio —agrego un poco triste.

—¿Por qué te dejaste atraer por los concursos para casi todos tus libros? —porfía la psicoanalista—. Para mí hiciste bien en participar, pero ¿quizás fue la búsqueda del reconocimiento que te faltaba como escritor? Es decir, dabas importancia a escribir. Por tanto, la pregunta es: ¿le dabas más importancia que a haber sido trabajador de escuela?

—Pregunto yo: ¿por qué es importante, casi vital, elegir entre las dos actividades a las que he dado importancia en mi vida?

—Querido, es el psicoanálisis, que necesita respuestas si quieres que sea útil. Mi pregunta, la pregunta del psicoanalista, quiere proporcionar claridad en tu cerebro. Esta claridad es el medicamento para la psique.

—Tienes, como ya he dicho, una visión anticuada del psicoanálisis. No creo que el psicoanálisis deba sanar algo.

—No ganes tiempo. Responde sin engañarte. Director o escritor, una sola es la elección.

—Te repito, no sé responder. Para mí da igual. Solo reconozco que ha sido la carrera escolar la que ha garantizado los bienes materiales para mi supervivencia. Quizás como escritor habría padecido hambre.

3

Ni decrepitud ni vejez

—Por supuesto, la jubilación te trae libertad y te conviertes en dueño del tiempo, pero te trae también otra cara de la moneda, que es la vejez.

La introducción de mi mujer en la sesión de esta mañana es certera. Efectivamente, el hombre, el *Homo sapiens*, envejece.

—¡Todo es proporcional! —es mi respuesta.

—¿Qué quieres decir con proporcional?

—Quiero decir que la vejez existe cuando la ves en ti. De vez en cuando me pregunto cuándo alguien es viejo. Cuando mi padre murió a la edad de sesenta y nueve años me pareció viejo. Hoy, que yo he superado los setenta años, creo que en ese entonces él no era viejo y que su muerte fue prematura, como es la de quienes quieren vivir aún.

—¿Entonces no hay una edad para morir?

—Creo que no.

—Es un asunto complejo para la psique el de la vejez y la muerte —declara mi mujer con énfasis—. Podríamos, si estás de acuerdo, dedicar la sesión de hoy a sacar de tu mundo interior qué has guardado sobre este tema que forma parte de nuestra vida. Muchos, incluso yo, lo evaden por miedo, por incapacidad de dar respuestas adecuadas.

—No se piensa nunca en la muerte hasta que alguien muere, sobre todo si se trata de la muerte de un familiar.

—¿Acaso estuviste presente en la muerte de tu padre?

—Sí, y no solo cuando murió él. Lo que sorprende y desanima ante la muerte es la impotencia, que te arrolla. Ocurre ante tus ojos, es ineluctable, y siempre sucede en un entorno difícil y complejo, bien por enfermedad, bien por los servicios de sanidad.

—¿Te invade quizás un sentido de responsabilidad porque no has podido ayudar de ninguna manera?

—Sí, es el principal sentimiento que se apropia de ti y por el cual buscas razones en el entorno para liberarte un poco del trastorno que te aflige.

—Ante lo inevitable —precisa mi mujer psicoanalista—, la razón busca mentiras para justificarse, siempre fuera de sí misma, mientras el inconsciente se macera en tormento continuo por lo que tú podrías hacer y no has hecho.

—La tuya es una reflexión muy apropiada, digna de una verdadera psicoanalista. Solo que mi tormento está en la razón antes que en el inconsciente —preciso—. Es la razón la que me dice qué habría debido hacer y no he hecho. Y es lo que ha ocurrido en todas las muertes a las que he asistido. Lo que me agita mucho con cada muerte es también el camino de salud recorrido. Mi padre dijo al momento de ingresarlo en el hospital que entraría vivo y saldría fallecido, y así ocurrió. No se puede actuar por salud en contra de la voluntad del paciente. La cura programada, la indagación diagnóstica, los fármacos propuestos en abundancia a menudo terminan dañando, en lugar de sanar.

Mi mujer me interrumpe preocupada y me pregunta:

—¿Entonces quieres decir que las curas son nocivas? ¿No sirven para nada?

—Creo que la sanidad tiene que conseguir moderación y cuidado. Una mala sanidad y un exceso de fármacos hacen de toda cura una terapia de mantenimiento artificial que inevitablemente trae consigo la muerte antes o después. Estoy convencido de que si no hubiéramos ingresado en el hospital a mis familiares, ellos habrían vivido más. En esa convicción está mi tormento.

—No, lo siento, no estoy de acuerdo contigo. Lo que expresas se refiere a una dimensión del inconsciente y no a la razón, pues no puede ser que ingresar en el hospital sea un mal. ¿Dónde está la ciencia médica? ¿Quieres frenar el progreso, la civilización, mirando atrás?

—Ahora para mí no es importante si lo que extraigo pertenece a la razón o a la psique. Es un tormento por cómo han fallecido mis familiares. Y añado que no solo me refiero a haber sido ingresados en el hospital, sino a todo el proceso de atención sanitaria recibido. El deceso al final de la enfermedad es lo que conlleva inevitablemente cuando la medicina, al comienzo del malestar, se administra de manera masiva. Los complicados procesos de diagnóstico, como he dicho, y los primeros fármacos considerados eficaces para erradicar la enfermedad no hacen más que debilitar las capacidades de autodefensa del organismo. Y cuanto más avanzan la enfermedad y las curas para enfrentarla, más se debilita el cuerpo y está listo para sucumbir por la enfermedad curada o por las complicaciones antes no consideradas. Si a todo eso le añades el hecho de que en algún caso he estado solo con mi familiar en el instante de su última respiración, comprendes lo difícil que es para mi psique no vivir tormento y sentido de culpa por no haber ayudado en ese momento.

—Así y todo, ¿cómo se presenta dentro tu psique el asunto del morir? —pregunta de manera insistente.

—La primera idea es la de un gran sufrimiento. Ningún episodio de muerte al que he asistido ha sido nunca lineal, ni podría describirse como natural. La vida experimenta un estremecimiento, un suceso indefinible. Es una fractura inesperada, marcada por ratos largos de sufrimiento, de soledad, de desamparo. Alrededor hay pánico y no se sabe qué hacer, también en la unidad de cuidados intensivos de los hospitales.

»Mi padre estaba ingresado y falleció después de que el enfermero le suministrara una inyección intravenosa con un fármaco, al que instintivamente atribuí la causa de su muerte por la inmediata sucesión de los acontecimientos. Yo estaba al lado de su cama cuando, tras alejarse el enfermero, de repente le faltó la respiración y se levantó del colchón para pedir ayuda. Desesperado, grité, llamé al enfermero, mientras mi padre agonizaba y dejaba la vida a los sesenta y nueve años. Al final llegó el médico, tomó la presión, sacudió la cabeza y decidió suministrarle una inyección extrema después del inútil masaje cardíaco. Mi padre murió en el hospital. Dos semanas después de su hospitalización, su temor se hizo realidad: no saldría de allí con vida.

—Quizás tu padre habría muerto en ese momento también estando en casa, en su cama. ¿Tu hermano mayor no falleció al día siguiente de su alta forzosa del hospital?

—Aun así, también la muerte de mi hermano fue causada por la mala sanidad. ¡No es aceptable que una cura dañe a otras partes del cuerpo! Su corazón se desplomó de repente por exceso de fármacos, y yo, que estaba solo al lado de su cama, vi con impotencia cómo volvió la cabeza y falleció. También la muerte de mi madre, salida de hospital, ocurrió tras una larga agonía, un sufrimiento penoso con pánico alrededor, sobre todo con profunda incertidumbre. Mi convicción ahora es que nos equivocamos en querer siempre y con tenacidad curar a los padres, a los familiares, obligándolos a tomar fármacos excesivos y a ingresar pronto en el hospital. Creo que la vida se defiende a solas a menudo, y no con intervención obligada.

—Por eso tu sentimiento de culpa no nace de la ausencia de cariño hacia la atención sanitaria de tus seres queridos, sino de un exceso de preocupación por su bienestar. ¿Acaso habría sido mejor que te quedaras a un lado?

—¡Sí, exacto!

Esta respuesta ofrece el impulso a mi mujer para poner en evidencia mi contradicción.

—Y ahora estarías aquí con sufrimiento por tu falta de atención hacia tus seres queridos.

—No sé —contesto—. A menudo la muerte está conectada con el estado de salud de una persona. En mi opinión, hay que ver hasta qué punto la intervención sanitaria la favorece.

—La intervención sanitaria ha permitido hoy en día prorrogar la vida —observa mi mujer, que añade—: Las personas fallecen más tarde gracias a la atención sanitaria.

—Me pregunto: ¿por qué alguien se enferma en un momento determinado y tiene que buscar cura sanitaria? ¿La muerte no puede llegar sin enfermedad? —Después de un momento de silencio, declaro—: ¡Yo no quiero ni enfermar ni envejecer!

—Es el ciclo de la vida. No se puede cambiar —afirma mi psicoanalista—. Cuando una vida se crea, esta tiene que desarrollarse y llegar al final. Y la caducidad conlleva decrepitud con enfermedad.

—No estoy de acuerdo contigo —digo de manera rotunda—. En el desarrollo hay un antídoto: pararse.

El enfrentamiento entre mi esposa y yo es intenso.

—No es posible, el desarrollo es ineludible.

—La psique lo permite —afirmo con decisión.

—¿En qué sentido?

Ahora me parece extraño que se encienda un debate entre la psicoanalista y el paciente. Es el paciente, no obstante, quien creo que tiene que llevar la contraria.

—Con la psique puedo parar el tiempo, porque allí no se pierde nada y todo se sobrepone y está conservado. Yo elijo lo que me gusta, y eso me acompaña siempre y me veo igual en cada etapa de mi vida. No hay ni vejez ni decrepitud porque están fuera del cerebro.

—Eso es ilusión y no realidad. Todo cuerpo envejece y puede enfermarse por decrepitud.

—No, dentro de mi psique yo vivo una juventud perenne. Conservo intactas todas las emociones del pasado, las excitaciones, los placeres más estimulantes, todos los deseos que más me han arrollado. El goce sexual, la sensación de cariño. No es recuerdo, no es un pensamiento, una voluntad. Es una verdadera vida que nunca se ha apagado. Soy yo, el mismo de otro tiempo, me veo así, no como los demás me ven, sino como yo me siento, me vivo, me proyecto. No puede ser ilusión, porque soy siempre yo.

—Es una sugestión tuya —declara mi mujer—. Está bien, pero no has resuelto ni el problema de la decrepitud ni el de la vejez y, al final, la muerte.

—Vivo un perenne presente sin pasado y sin porvenir. Mejor, el pasado enriquece mi vida aquí y ahora, y el futuro es útil para extender el placer de mi psique, la que siempre quiere otro tiempo por su expresión.

—No he comprendido nada —dice con franqueza mi mujer, omitiendo su rol de experta del alma humana.

—Considera que la psique no puede envejecer, solo puede tener más información, más experiencia, más deseos inconfesables. La psique tiene un magma efervescente inagotable, hecho de pasión y de sueños. Es el Eros bien representado de Platón en el diálogo *El simposio*, la fuerza de la vida que es fundamento de toda actividad. El deseo sexual es la guía que jamás me deja, y tú lo sabes. He escrito unas páginas, en mi opinión, magníficas sobre Eros como motor de la vida y de la historia individual y colectiva. Y estoy convencido de que es el antídoto contra la vejez y la decrepitud, y también contra la muerte.

En este punto me callo, de repente me viene un pensamiento y quiero evaluar si es oportuno soltarlo.

—¿Qué pasa? —pregunta preocupada la mujer psicoanalista.

—Nada, nada, estoy pensando si estaría bien que tome mi libro *Manuscritos escandalosos* y leamos juntos lo que escribí hace muchos años sin que nadie valorara algo.

—Tampoco yo aprecié esas páginas maravillosas —observa con un poco de ironía—. Acaso, como a menudo ocurre, no comprendí mucho. Si a ti te parecen significativas para representar tu psique seducida por el Eros platónico, me alegrará mucho escucharlas. Por cierto, ayuda a nuestro psicoanálisis.

Salto de la cama, me voy deprisa al despacho, tomo del estante un volumen de *Manuscritos escandalosos* de la hilera de copias, aún numerosas después de su publicación, y vuelvo al dormitorio excitado. Me echo en la cama y me acerco a mi esposa, que parece interesada en mi libro.

Manuscritos escandalosos es una recopilación de textos que escribí durante la juventud. Los he titulado así porque los temas no son siempre de fácil comprensión, la inspiración literaria a menudo es extravagante. Cuando publiqué el libro nadie me dijo nada, intenté presentarlo en algunas librerías de mi ciudad, pero sin éxito.

—Si lo recuerdas —le digo, después de acariciarle el muslo izquierdo para atraer su atención a lo que voy a leer, olvidando las reglas del método psicoanalítico—, la colección de textos está organizada por géneros literarios y comienzan con mi presentación del tema. En la sección de los cuentos que definí como eróticos, describí qué es Eros y cómo alimenta todo instante de nuestra vida. Las palabras escritas creo que se adaptan bien a mi visión de una psique que no envejece. Escucha atentamente. —Recorro con mis ojos las líneas que hablan sobre Eros. Encuentro el trozo más representativo y leo con mucho énfasis—: «Eros es explosión de voluntad y de acciones. Todo acto de vida se origina por estímulo de Eros, que es búsqueda de hermosura, de placer, de ser eterno. Por procreación de las especies, por creación artística. Eros es deseo de infinidad, de ser perennes, de estar en la memoria de la vida».

—Creo que esta explosión de voluntad también puede conducir a actos malvados como guerra y violencia —corrige mi mujer.

—Sin duda es así, y he escrito que hay también un Eros malvado, perverso, pero yo me refiero al Eros que enriquece y construye. Escucha qué escribí de Eros, cómo lo vi y cómo lo veo actualmente y cómo me apasiona. —Voy adelante en el texto, encuentro otro trozo y retomo la lectura, siempre con énfasis—.

«Detrás de las líneas sinuosas y fascinantes de los cuerpos femeninos o detrás de los músculos de los hombres que participan en costosos gimnasios, Eros habla más que cualquier otra solicitud. Y es el Eros sensual, el de los placeres del contacto físico, el de los compromisos difíciles, el que se convierte en acción de cosas bellas e importantes…». —Me paro, busco otros conceptos, llego al final del texto introductorio y leo enseguida sin interrupción, con más énfasis, la conclusión sobre qué es Eros—: Eros quiere todo para sí, y siempre. No admite mediación. Pero la vida que sigue es continuación de la especie. Todavía no es bastante. Para Eros hay otras cosas que no deja. Busca y estimula. Conserva intacto su vigor. Nosotros tememos que desaparezca, que se duerma un poco, y entonces buscamos escapatorias, técnicas para despertarlo, drogas subrepticias para pasiones soñadas. Pues él está allí, inescrutable y por el tiempo se corrobora. Para él la eternidad ya no es importante, sino el presente, el momento efímero que siempre nos une con la divinidad».

—Son líneas muy apasionadas —comenta la mujer psicoanalista—. Sin embargo, tienen un difícil significado. ¿Cómo es posible que Eros se quede inmodificable? Eros dentro de nosotros envejece, es una regla biológica. También nuestro deseo erótico se debilita.

¿Cómo puedo explicarle a mi mujer que el Eros del que hablo no es el que representamos con la *e* minúscula? Eros, según el pensamiento filosófico platónico, se representa con la *E* mayúscula, porque es demonio, que comparte la naturaleza dual humana y divina. Habita la tierra, pero también el cielo, conecta las cosas terrenales con las celestiales. Por tanto, es mucho más que el magma incandescente del deseo sexual.

En este punto tengo que aclararle con más detalles mis creencias.

—Nuestros antepasados, es decir, los homínidos, de quienes provenimos por evolución biológica, nos enseñan que en primer lugar somos instinto. En palabras sencillas, nuestra naturaleza es la de los animales, y como todos los animales, nuestra necesidad urgente es procrear, garantizar la continuidad de nuestra especie. Los críos son el fundamento de la vida animal, todo lo que roza y da la vuelta sobre el placer sexual como instinto es con el fin de procrear. Y la naturaleza del placer instintivo es magnética, el sexo parece irresistible, incontrolable, sin razón, impetuoso. A menudo es a esta naturaleza instintiva y a la vez violenta a la que se refiere el juez cuando tiene que condenar la violencia sexual. Esta presión sexual por la reproducción permanece en el transcurrir de los años, porque la naturaleza instintiva no quiere perder la oportunidad de mantener la especie. También en la vejez se intenta procrear. Eros aquí es sexo instintivo, se identifica con el coito, es joder, por decirlo de forma grosera. Es la dimensión animal que el *Homo sapiens* no ha perdido, y que está presente en otras costumbres terribles, como la guerra, los homicidios y otros acontecimientos muy negativos. Afortunadamente, en otro momento nuestros antepasados acumularon una riqueza cultural que hizo del instinto algo nuevo y original. La biografía de la humanidad nos cuenta cómo se construyó este bagaje cultural alrededor de todos los elementos de la naturaleza, del sexo y de la reproducción de las crías. El cerebro y la psique del *Homo sapiens*, que construyen cultura, quieren imaginación, buscan el placer con inteligencia y un sexo cariñoso y cuidadoso, aprovechan el sexo con el fin de tener no solo a crías, sino alegría de vida. Este capital cultural promueve el desarrollo de la civilización y, en este caso, Eros es con mayúscula, porque disfruta la potencia instintiva del amor vital, el animal, y la envía para lograr felicidad y bienestar. Eros es instinto convertido en cultura, es estímulo y elaboración de imágenes, está dentro de la psique y ayuda al cerebro durante toda la vida. No hay decrepitud ni vejez porque Eros vibra siempre dentro de todo acontecimiento de vida, en las amistades, en los amores sexuales, en los viajes por vacaciones, en la compañía de la mascota, en la creación artística y literaria, en la música, en los paseos, en el maravilloso espectáculo del nacimiento y ocaso del sol. Eros está aquí ahora con nosotros en nuestro psicoanálisis, en el café que te traigo por la mañana, en las caricias por tus torneados muslos que me provocan tanta excitación.

—Estoy desorientada por tu amplio análisis sobre Eros. Mi función ahora debería ser la de proponer interpretación psicoanalítica de lo que me hablaste, es decir, averiguar a qué responde tu teoría filosófica y psicológica. Yo creo que tienes miedo de la decrepitud y la vejez. Y pienso que también a la muerte. Tu psique rechaza lo que es necesidad biológica.

La observación de mi mujer me crispa un poco. No comprendo por qué lo que elabora el cerebro es ficticio y tiene una razón oculta dentro de la psique.

—Eros es nuestros sentidos físicos —sigo, pasando por alto lo que ha dicho—, con cada sentido tienes que buscar placer y gusto. ¡Siempre! En una espléndida comida, en un paisaje gustoso, en una sensual caricia, en una armoniosa música, en un oloroso vino tinto. No hay edad, no hay fase de la vida en que algún sentido se vuelva ineficaz. Puede debilitarse, pero el deseo que el sentido quiere satisfacer está disponible y listo. Esto es Eros. Pasión, vitalidad y eternidad. Tienes que creer siempre en la sensualidad, así como ya descubrieron los filósofos que se definieron hedonistas. El hedonismo, que es el sello distintivo de Eros, es su expresión más abarcadora. La felicidad está en los sentidos, y nosotros tenemos que secundarlos.

—Quiero cerrar esta sesión, estoy aburrida, debo retomar mis capacidades intelectivas.

La sesión se interrumpe. Ella se va de la cama, mientras yo me quedo a solas para seguir reflexionando sobre el poder de Eros durante la vida de cada uno de nosotros. Desgraciadamente, Eros ha sido olvidado por un montón de gente, y prevalecen la depresión, la enfermedad mental, y la vida se llena de melancolía y soledad. Decrepitud, vejez y muerte son los sellos de la desesperación. Es un callejón sin salida. Para mí, en cambio, creer en Eros y cultivar toda su manifestación garantizan una psique abierta siempre y un cerebro juvenil.

—Esa presión primordial sobre la psique —dice mi mujer apenas me siento en el borde de la cama con la bandeja de café en la mano— explica suficientemente muchos hechos que has contado sobre tu vida: la violencia que sufriste, tu mundo de imaginaciones sexuales, etc. Sin embargo, no nos dice nada sobre el ciclo de la vida, el envejecimiento y la muerte. Continuaremos la sesión de esta mañana a partir de aquí.

Más que en una sesión de psicoanálisis me parece que estamos en un simposio filosófico, pues tengo que analizar mis pensamientos. Psique y cerebro avanzan juntos.

—Lo que tú llamas «presión primordial» y yo Eros, con la *E* mayúscula, es la fuerza que tiene la especie para no extinguirse.

Es la ley de vida en la evolución biológica. Apenas los protagonistas de la reproducción han cumplido con sus deberes, no interesan más a la especie. Según el instinto primordial también pueden desaparecer, morir, porque no es el individuo el destino de la reproducción, sino la especie. Pero el *Homo sapiens* ha producido cultura, como ya te dije, ha introducido el bagaje de civilización, pasó del instinto psíquico a la abstracción del cerebro, del placer sexual por procreación al fin en sí mismo. Al fin y al cabo, los protagonistas primordiales se han convertido en personas que quieren vivir independientemente de la simple función reproductiva.

—Tu análisis me asusta —confiesa.

—¿Por qué? Es algo sorprendente que la psique instintiva tome cultura, se enriquezca de lo que es costumbre llamar humanidad.

—A pesar de esta humanidad, muchos comportamientos de los seres humanos en la historia han sido bestiales. Pero dime, ¿qué ventaja sacas para tu psique personal de estas consideraciones filosóficas? Demos un sentido psicológico individual a todo lo que has dicho.

Mi mujer quiere retomar su máscara de psicoanalista.

—¡Vale! Yo puedo intervenir sobre la vertiente cultural e histórica de la psique y construir un mundo más humano, en el que limito la decrepitud e impido la vejez.

—Bella aspiración que todos deberían tener en la vida. Quiero seguir reflexionando sobre tus pensamientos: si los seres humanos viven más tiempo, es fácil que enfermen y envejezcan, porque van más allá de la programación que la especie ha predispuesto por selección natural. —Mi mujer sonríe divertida por su salida inesperada siguiendo mis consideraciones.

—Ese es el reto del *Homo sapiens* desde que empezó a imponerse: actuar en la naturaleza para sacar más bienestar y felicidad. Su recurso fue y es aún hoy el cerebro, que tiene poder imaginativo y proyectivo. Y el cerebro conlleva consigo la psique, que actúa como una síntesis entre naturaleza y cultura. Mira nuestro caso, no tenemos hijos y, por lo tanto, no hemos obedecido a la presión primordial de salvaguardar a nuestra especie; sin embargo, hemos dado satisfacción a rienda suelta a los placeres sexuales, independientemente de la necesidad de procrear.

—¿Quieres decir que el *Homo sapiens,* gracias a su cerebro, construye su vida y su porvenir a través del libre albedrío?

—Casi es así, sin olvidar que la psique, en su inconsciente, mantiene el contacto con nuestro origen primordial.

—Entonces, si hacemos psicoanálisis, ¿indagamos en cuánto de primitivo hay en los pensamientos más escondidos? —observa mi mujer, que no quiere perder su función de psicoanalista.

—¡Vale! Pues yo no quiero apartar de mi psique la naturaleza primordial, más bien quiero que su conocimiento me ayude a vivir mejor satisfaciendo mis deseos y placeres. Así, para luchar contra la decrepitud, la naturaleza me pide que sea activo, que no esté hundido en un sillón durante el día, porque con la decrepitud llega también la enfermedad, y ambas me traen la vejez. Entonces es importante el movimiento, pasear, ir al gimnasio, hacer ejercicio físico, guardar la línea. Tengo al perro, que me ayuda a salir a menudo a la calle, así no se apodera de mí la pereza. Me gusta el aire libre, me gusta seguir el rumbo de mi mascota. Cuando me miro en el espejo, me alegro de no verme gordo. Me afeito la cara y el pecho, también el pubis, pues no quiero que el vello blanco cubra ninguna parte de mi cuerpo. Sin embargo, es como si la fuerza reproductora de la naturaleza permaneciera activa en mí con una buena salud y se aplazasen los tiempos biológicos programados, revisando el esquema de la vida.

—Tu argumento es muy complejo. Al fin y al cabo, quieres decir que la vida se vuelve más larga porque las condiciones de salud permiten reducir la decrepitud y enfermedad. Pero, a pesar de todo, queda el hecho de que envejecemos y morimos. —Mi mujer es cáustica.

—La evolución natural ha llegado al punto de que se pueden retrasar estos dos acontecimientos: envejecer y morir. Al menos es lo que deseo hacer para mí, retrasarlo todo lo posible.

—¿Y el aspecto físico de la persona? Porque no olvides que los rasgos del envejecimiento aparecen pronto para hacernos entender que hemos sido programados por un tiempo limitado.

Tengo que darle la razón. Pero sin mirar al futuro, actuamos más allá de los límites con nuestra imaginación.

—Los rasgos del envejecimiento me asustan —le confieso—. Nunca quiero mirar fotos pasadas. Es algo deprimente que nunca quiera encontrarme con amigos después de muchos años sin vernos. Esta dimensión estética me duele, y mucho. Quizás este es el aspecto más deprimente de la vejez, además de la enfermedad o la proximidad a la muerte. Envejecemos porque las células que construyen nuestro organismo no se vuelven a formar y se desploman. Entonces, podemos intervenir para retrasar la muerte de las células, podemos reducir los rasgos del envejecimiento, para lograr una larga juventud.

—¿Cómo das vida a las células?

—No consiste en que yo les dé vida, es suficiente con que las salvaguarde por más tiempo, como ocurrió en la selección natural cuando los homínidos fueron obligados a ayunar durante mucho tiempo y a moverse para cazar. En palabras sencillas, la vida de las células mejora si ayunamos a menudo, es decir, si comemos poco, y si practicamos actividades de movimiento, como correr.

—Son cosas que ya haces, me parece.

—Sí, sabes que para mí es fundamental ayunar al mediodía y comer solo por la noche. Así obtengo el doble efecto de revitalizar las células por el hambre y llegar a la cena con muchas ganas de comer. La otra acción de limpieza celular es la de correr. ¿Qué ocurre cuando corremos? Hay efectos que revitalizan las células, eliminando toxinas y malos pensamientos e inyectándote mucha energía y vigor psicológico para que afrontes todo con determinación y claridad. El cuerpo durante la carrera libera endorfinas, que producen bienestar. En muchas ocasiones, correr me ha ayudado a enfrentar situaciones difíciles y complejas. Me da energía juvenil, la percepción es la de un físico que ralentiza la decadencia, no siento decrepitud, y mi psique retiene una frescura juvenil, a pesar de los rasgos debidos a su tiempo programado. Correr es también otras cosas: aire libre, paisajes que fluyen al lado, conocimiento, placer de vivir y de estar en la naturaleza. Tú sabes cuánto me gusta correr también con el perro.

—Pero queda la realidad de una vida que tiene una programación, que se puede justificar con la ciencia, por su evolución biológica, o con la religión, por su fe en la creación del mundo.

—Mi esposa psicoanalista se detiene como envuelta en su propia reflexión. Luego, como impulsada por un acto de valentía, pregunta—: ¿Qué piensas de la religión y de la fe en Dios?

—Estos temas, el del envejecimiento, la decrepitud y, sobre todo, la muerte, son material para el desarrollo de las religiones y de la creencia en Dios. El *Homo sapiens* supo insertar en su capital cultural, junto con la filosofía, también la religión, primero con los mitos y después con el politeísmo, y al final con el monoteísmo. El *sapiens* encontró una óptima solución frente al misterio de la vida y a la ignorancia de la ciencia. Las de la religión fueron respuestas consoladoras.

—Sí, va bien la reconstrucción del origen de las religiones, pero querría saber si en tu psique ha tenido o tiene aún lugar la fe en Dios.

—Fui educado en la fe católica. Mi madre fue muy religiosa, para ella era importante que sus hijos siguieran la práctica religiosa. Los hermanos íbamos a la iglesia y ayudábamos al cura en misa. Teníamos diez o quince años, ¿sentíamos la fe? No sé. Personalmente, yo nunca me lo cuestioné. Aceptaba la doctrina católica. El mundo, el universo fue creado por Dios, como recita la Biblia, después ocurrió el pecado original y la humanidad cayó en el sufrimiento, perdió los beneficios del paraíso terrenal, la inmortalidad, el bienestar y la felicidad. La mortalidad humana se combinaba con la decrepitud y la vejez. Todo parecía claro, no había dudas: nuestra condición fue causada por el pecado original, por el orgullo de Adán y la debilidad de Eva, que sucumbió a la tentación de la serpiente. La religión estaba apartada de la ciencia, eran dos dimensiones de conocimiento separadas. Incluso cuando el debate sobre el evolucionismo y el creacionismo se extendió ampliamente, permanecí indiferente, sin molestarme en tomar una postura y aceptando pasivamente la opinión católica. Mi posición dogmática se manifestaba con un sentido de protección que me daba la autoridad religiosa. Me parecía estar en lo correcto. Además, la iglesia que frecuentaba era la de un convento de frailes franciscanos, muy acogedores, que a menudo nos invitaban a los jóvenes al refectorio para comer con ellos. Era un acontecimiento que agradecíamos mucho. Me gustaba no solo la comida cocinada por los frailes, de la cual aún mantengo el sabor, sino la costumbre que había, según la cual, mientras que comíamos, de vez en cuando uno se levantaba de la mesa y se acercaba al atril para leer un pasaje del Evangelio. A menudo les tocaba leer también a los huéspedes. Cuando me tocaba a mí, me exaltaba y leía con mucho énfasis.

—Como ocurre cuando me lees a mí unos fragmentos de algún libro tuyo —apunta con simpatía, y me pregunta—: Creo que no era solo por la comida por lo que te gustaba frecuentar a los frailes, ¿verdad?

—¡Exacto! Del convento franciscano me atraían la soledad, el silencio, la concentración. El edificio estaba en una espléndida posición con vistas al mar. Todas las pequeñas celdas de los frailes daban al golfo, donde se desarrollaba una nostálgica puesta de sol. A menudo, por la tarde, después del colegio iba al convento y el fraile prior me destinaba a una celda libre, en la que a solas me encerraba para el estudio escolar y por el placer del ocaso divino en el mar. Muchos compañeros me decían que sería fraile, no entendían lo que suponía para mi psique vivir unos ratos tan intensos, algo espiritual, sentimental, que iba más allá de la dimensión religiosa. Quizás fue la única vez en que la fe se revelaba como un descubrimiento del sentido infinito: encontrar lo divino en la belleza de la naturaleza, en la creación, pasando por alto su origen y sus causas. De vez en cuando me gustaba quedarme con el fraile prior para conversar sobre los misterios de la vida y la revelación a través de la historia sagrada. Todo me convencía, estaba bien, sereno con la verdad religiosa. No tenía dudas porque no me hacía preguntas. Me gustaba compartir los valores franciscanos, la pobreza y la separación de los bienes materiales, la sumisión jerárquica, la humildad y la solidaridad. Agradecía ver ante la puerta del convento a inmigrantes y marginados a la espera de recibir comida y ropa.

—Estoy convencida de que son valores que has conservado con mucho celo. —Después de un rato de silencio, pregunta maliciosa—: ¿Y qué pasa con el voto de castidad?

—Siempre evité hablar de sexo con el fraile, también porque a menudo era a él a quien me dirigía para confesar mis pecados de sexo en el confesionario, con mucha vergüenza. Su pregunta era siempre: «¿Cuántas veces?». Y según el número, me asignaba la penitencia de recitar las oraciones del padrenuestro y el avemaría, oraciones que aún recito en cualquier situación de vez en cuando, así simplemente por costumbre y como algo parecido a un acto de fe.

—Por supuesto, la confesión en el mundo católico es un verdadero acto de psicoanálisis, como el que nosotros iniciamos como un juego y estamos desarrollando día tras día —observa mi mujer.

—Por cierto, después de la confesión me levantaba del confesionario muy ligero, muy tranquilo, con el inconsciente que parecía limpio y se volvía un consciente inmaculado, listo para tomar la hostia de la comunión.

—¿Y creías que con la hostia de la comunión tomabas el cuerpo de Jesucristo?

—Como ocurrió con otros aspectos de la fe, no me hice nunca la pregunta. Acepté el hecho de que me hacía sentir bien y no me generaba preocupaciones ni ansiedades.

—Si hubieras conservado la fe —asegura la psicoanalista—, ahora todo sería más fácil, tu vida tendría sentido, te explicarías la decrepitud, la vejez y la muerte misma. Habrías creído que la vida humana está insertada en un plan divino, y su fin no es la conclusión del proyecto, que continúa después de la muerte en un más allá bien definido. Quien tiene fe, es verdad, vive mejor, no sufre depresión y angustia. No tiene miedo de morir.

—No creo que sea así —declaro desconsolado—. Incluso quien tiene fe enfrenta la vejez y la muerte igualmente con angustia. Porque la naturaleza nos cautiva y no hay escape de la condición material, física.

—¿Cuándo y cómo perdiste la fe?

—No puedo decir que perdí la fe, nunca me cuestioné la religión, ni tampoco ahora. Según mi pensamiento, da igual tener o no tener fe. El *Homo sapiens*, con fe o sin ella, envejece con decrepitud y fallece. Cuando murió mi madre, durante su agonía llamé a un fraile para la extremaunción. Ella tenía mucha fe, pensé que la ayudaría en el sufrimiento de la agonía. De hecho, fue un intento de transportar lo que en realidad era sufrimiento físico a un nivel espiritual. Nunca podré olvidar su mirada de dolor y soledad durante esos instantes previos a la muerte.

—¿En qué momento de tu vida dejaste de ser un católico practicante? —insiste.

—La cosa ocurrió paulatinamente. Un primer paso muy importante fue gracias a una lectura política del Evangelio. Sembró en mí la idea de que la religión podía interesarse también por los problemas terrenales, es decir, de la vida de aquí y de ahora, y no del mundo del más allá. Encontré que cuando Jesucristo habla del reino de los cielos no se refiere al más allá, sino al mundo de aquí, donde deben dominar la justicia y la igualdad. Agradecía que las palabras del Evangelio hicieran referencia a la vida concreta de las personas y no se centraran en aspectos de culto y ceremoniales, siguiendo el dogma o la tradición religiosa. La fe no debe ser una fuga de la realidad, sino un compromiso para mejorar la sociedad; debe enriquecer el capital cultural del *Homo sapiens*. La figura de Jesucristo, me decía, representa a un verdadero revolucionario, un socialista, un hombre de lucha y de coraje, listo para sacrificar su vida por el bien de los demás, de la humanidad. Estará siempre de parte de los que sufren y padecen violencia.

—Ahora que lo pienso —me interrumpe—, ¿esta idea de Cristo revolucionario no está argumentada en una de tus novelas?

—Sí, en *Una revolución casi perfecta*. Escribiendo la trama de la novela, maduré el convencimiento de que, a menudo, cada esfuerzo por lograr un proyecto revolucionario para mejorar la sociedad fracasa y, de todos modos, el *Homo sapiens* no pierde su instinto primordial y sigue actuando con violencia. Entonces, es más útil realizar pequeños y constantes actos por el bien de las comunidades humanas, que no seguir teniendo ideas grandiosas que fracasan terriblemente porque nacen nuevos dogmas y nuevos fanatismos.

—Vuelve tu escepticismo. Así no solo se disipa la fe religiosa, sino también lo bueno que el *Homo sapiens* ha construido en la historia.

Querría decirle que lo útil en la vida es el aquí y el ahora, es el interés personal, cuidar la propia salud, prestar atención a los sentidos físicos, lograr bienestar personal y felicidad.

—Ya de por sí la vida natural supone dificultades y perversidades, como la decrepitud, la vejez y la muerte —declaro de manera rotunda—, por lo que es un sueño imposible proyectar un mundo mejor. Mejor es actuar sobre tu entorno, difundir amistad y cariño a tu alrededor aquí y ahora, sin olvidar, obviamente, el interés general de los derechos humanos, del derecho internacional y de la democracia en los Estados. Pero sin ilusión, porque lo que se ha conquistado no estará siempre. Todo es precario.

Mi mujer parece trastornada por mi análisis pesimista, quiere reconducir el asunto hacia un posible optimismo, aunque sea abstracto.

—Entonces, en tu opinión, ¿después de la muerte no hay nada? ¿No es imaginable cualquier continuación de nuestra vida individual? Creo que la fe puede ser un alivio frente al sufrimiento de la vida terrenal, frente a la imposibilidad de ralentizar la vejez y retrasar la muerte. Reconducir todo a la naturaleza física es mortificador, el ser humano tiene la necesidad de creer en una vida más allá. Cuando se muere, si no nos espera la nada, sino el pensamiento de otra vida diferente, la muerte parece menos pesada. Por tanto, frente a los recursos ideados para contener el avance de la vejez y de la decrepitud, resulta más útil imaginar un más allá posible. ¿No te parece?

—No, no me parece. Es la vida presente la que tenemos que conservar. Pensando en un más allá nace el fanatismo religioso, que ha provocado tanto daño a la humanidad.

Pero ella no cede.

—No me refiero a las construcciones paradójicas del más allá de las religiones, sino a una idea, a un pensamiento, a un quizás, a un sueño, como tú mismo representaste de manera extraordinaria, si recuerdo bien, en la novela *Eurídice para siempre*.

—Sí, es verdad —confirmo—. En ese caso, el mito me inspiró. Tenía que describir el más allá. Si era fácil imaginar el mundo del más allá donde tenía lugar el castigo con sufrimiento, es decir, el Tártaro según el mito, era más difícil crear el entorno de los Campos Elíseos donde se encontraba el alma de Eurídice, a la que llegó Orfeo, quien había cruzado vivo el umbral del más allá.

—¿Me puedes leer, por favor, aquel pedazo de la novela sobre los Campos Elíseos, que recuerdo muy interesante?

Sin decir nada, salto de la cama y me voy al despacho para tomar de la librería la novela, que pronto hojeo para encontrar la página en la que están descritos los Campos Elíseos. Me echo otra vez en la cama, estoy listo para la lectura.

—«Todos son sombras felices y olvidadizas de la vida terrenal, pero sienten la carnalidad de sus cuerpos inexistentes. Hermes, dime, en su impalpable sentir, en su forma de experimentar lo físico, ¿es el placer de Eros tan palpable como en la vida terrenal? Es algo más. Porque las ánimas sienten todos los placeres del cuerpo utilizando los sentidos propios de la vida, pero son placeres puros, no sujetos a la perversidad. Entonces, ¿quien va por los Campos Elíseos está en mejores condiciones que los vivos en la Tierra? Es decir, ¿la muerte es de verdad más atrayente que la vida? Me parece una paradoja. No es así, mi querido. Quien está aquí, ya que no tiene recuerdos de la vida y de sus placeres, no puede compararse. Por supuesto, es difícil decir cuál de los dos placeres es preferible. Podremos decir que en los Campos Elíseos todos los sentidos son espirituales, y en la vida terrenal son materiales. Entonces vuelve el dualismo alma y cuerpo en los dos reinos…».

Esto que he leído es parte de un diálogo entre Hermes, el guía del más allá, y Orfeo, que ya va a encontrar el alma de su amada Eurídice. En mi reconstrucción del mito he querido representar que para los humanos es difícil liberarse de los sentidos, aunque hablemos del espíritu, como puede ser el mundo de los Campos Elíseos en el más allá.

—Yo creo que nuestro cerebro no puede encerrar todo en el mundo físico. Quiere tener una posibilidad de imaginación no solo en la vida aquí y ahora, sino en la vida del más allá. Es un deseo, una aspiración, una hermosa ilusión. Algo que pueda derribar la desesperación de la nada, llámalo fe, ilusión, engaño… El cerebro y la psique están de acuerdo en creer en algo no definitivo tras fallecer.

—Puede ser una herramienta para enfrentarse con cierto alivio a la vejez y la muerte. Quien quiera es libre de considerar esta esperanza. Ya sea tener fe o ilusionarse, nada cambia, el aspecto físico de la vida sigue siendo algo que hay que tener en cuenta.

—Sin embargo —insiste—, el materialismo absoluto nunca podrá ser tan reconfortante como creer en algo después de la muerte. ¿Tu psique, entonces, perdió toda la confianza religiosa que te hacía sentir bien?

—Mi espléndido amor disfrazado de psicoanalista —digo dulcemente, mientras mi mano recorre sus torneados muslos—, el tiempo se acaba. ¿Sabes lo que necesito ahora?

—Si quieres hacer el amor ahora para aliviar la tensión de tu psique angustiada, vamos en contra de las reglas del psicoanálisis.

—No. Bueno, la verdad es que sí, haría el amor contigo… Pero a lo que me refería era a que añadiría a lo que hemos dicho que, en lugar de fomentar la confianza en lo desconocido, me gustaría tener una segunda oportunidad de vida, es decir, vivir otras veces. Y creo que a todos les gustaría.

—Es un camino trillado el de tener una segunda vida para no cometer todos los errores de la primera. Eso es ilusión, porque en las mismas circunstancias es fácil repetir las acciones elegidas.

—No es lo que yo entiendo. Otra vida para mí significa poder vivir, mientras tengo la oportunidad actual, otras experiencias y otros placeres. Es el límite de nuestro vivir, tener una sola oportunidad, única e irrepetible, lo que me angustia. ¿Por qué no puedo probar cómo habría concluido una relación sexual que elegí dejar? ¡Elegir, elegir, elegir! Siempre una cosa y no más.

—Eso por lo que te quejas, ¿no es el tema de una de tus primeras novelas? No recuerdo el título, pero la historia sí: la ruptura de una pareja porque el joven marido, que regresa a su tierra natal con su mujer para pasar las vacaciones de verano, quiere investigar cómo hubiera sido su vida con otras mujeres que le interesaban. Al margen, te confieso que, apenas leí la novela, te identifiqué a ti con el joven protagonista.

—Obviamente, no me refiero solo a las oportunidades sexuales, como ocurre en la novela que has recordado, y que se titula *Vidas paralelas*, sino a todas las experiencias a las que hemos sido constreñidos. Quiero decir que la vida es demasiado corta en comparación con la riqueza de oportunidades que ofrece. No es solo un problema de derroche, porque aunque no desperdicie el tiempo, este es insuficiente para lograr todas mis oportunidades de felicidad.

—Tu psique desea omnipotencia —sentencia mi mujer, olvidando su rol de psicoanalista.

—No, no es omnipotencia. Es nuestro cerebro, que quiere siempre más, que no se contenta con lo que tiene. Aspirar a otra cosa mientras vives algo no es una señal de insatisfacción, sino un deseo infinito de conocimiento y de otras sensaciones. Cuando el protagonista de mi novela *Vidas paralelas* va en busca de aquello a lo que debió renunciar, no lo hace porque desprecie la situación en que se encuentra, sino porque desea otra experiencia que, por necesidad de elección, tuvo que dejar. Su mujer no lo comprendió, se sintió traicionada y cortó la relación.

—Tu cuento me recuerda una historia ya escuchada —dice socarrona—. No puedes olvidar la sensibilidad de las mujeres.

—Lo que exalto —preciso, pasando por alto su observación— es la posibilidad de imaginar otra cosa, como en efecto ocurre con una psique activa y un cerebro listo para vivir otras vidas con otras situaciones.

—Tu argumento es complicado. Nadie, creo, puede seguirte, ni siquiera personas con mente abierta.

—Por supuesto, mi punto de vista es mucho más amplio. Como dije, no se trata solo de la relación sexual con las mujeres, sino sobre todo de las oportunidades que ofrece la vida y a las que te ves obligado a renunciar. El principal problema es que estas oportunidades normalmente ocurren al mismo tiempo, por lo que necesariamente debes seleccionar solo una de ellas. Hay una solución al problema, aunque sea mínima: aprovechar otras posibilidades si se pueden distribuir en el tiempo. He aquí, entonces, la angustia de una vida cada vez más corta. Lo que pasó conmigo puede ser un ejemplo.

—Convertirte en escritor tras tu jubilación —declara mi esposa, satisfecha porque esta vez sigue mi discurso.

—¡Exacto! —Callo un momento, después añado—: Hay otra elección que mi cerebro y mi psique me piden: el español.

—¿Qué quieres decir? —pregunta mi psicoanalista.

—Me refiero a que la elección de un idioma no debe estar determinada por el nacimiento. Ahora me gusta ser un escritor español, una posibilidad que nunca jamás habría imaginado en el pasado. Cierto, el tiempo apremia, pero así he vivido una experiencia nueva, diferente, que incluye cultura y curiosidad. La psique me sugiere que hay tiempo si las cosas que quieres hacer te apasionan. No puedes elegir el país donde nacer, no puedes elegir tu lengua materna, no puedes elegir tu patria; en cambio, puedes abrir una nueva oportunidad y empezar a vivir una nueva vida cuando tu cerebro quiera y cuando existen condiciones favorables. Es de verdad el comienzo de una nueva vida.

—Entonces, ¿para ti escribir en español es una vida nueva? ¿Por qué?

—Vida nueva entendida como otra oportunidad que las circunstancias permiten. No fue posible antes, ahora sí, y mi psique se alegra. Nueva savia entra en mi creación literaria y se aleja el aburrimiento.

—Tu discurso queda claro. ¿Ahora quieres decir que la ausencia de intereses y de novedades aburre al hombre que envejece y hace que se sienta inútil?

—Hay un enemigo en el envejecimiento —explico seriamente—, el enemigo se oculta en la mente y se manifiesta con la psique que languidece. El enemigo toma nombres diferentes, pero es siempre el mismo, malvado y cruel. Algunos lo llaman senectud; otros utilizan el término científico «enfermedad de Alzheimer»; otros incluso, de manera más genérica, enfermedad mental. Es un enemigo insidioso. Comienza imperceptiblemente y se apodera de tu alma de repente, cuando ya es demasiado tarde para actuar. No quiero espantarte, mi amor, pero a menudo noto señales que me hacen reflexionar y me dan miedo. Una es muy preocupante y se repite a veces: no saber dónde estoy. A veces me pregunto si lo que estoy haciendo lo hago yo o no. De vez en cuando, en esa situación, me pellizco para asegurarme de que soy yo. Es realmente un hilo fino el que me une a la realidad. Tengo un miedo terrible a perderlo. No es olvidarme, sino borrarme, lo que es más grave.

—Nunca jamás me hablaste de eso —declara preocupada mi esposa—. Quizás es solo una impresión tuya muy desagradable.

—Hay otras señales de que el enemigo me está acechando.

—¿Cuáles?

—No quiero continuar, porque me doy cuenta de que te asusto mucho.

—Pero no hemos acabado el psicoanálisis. No puedo asustarme, porque ahora no soy tu mujer, sino tu psicoanalista. Sigue, sigue hablándome de ese enemigo que se ha ocultado en tu mente.

—Cuando paseo con el perro, me sorprendo hablando con él y conmigo mismo.

—¿Sobre qué temas?

—Ese es el problema. Hablar con él no es grave, lo malo es que hablo sobre asuntos de ira y enojo. Son palabras en contra de personas, de conocidos y de extraños, por cualquier razón, por haber tenido conmigo cualquier contacto. A veces despotrico en contra del mundo entero, en contra de las injusticias, de la maldad humana que muestra la cara más brutal del *Homo sapiens*. Tal vez quien pasa cerca me mira preocupado, pero yo sigo sin recato.

Es como si no fuera yo quien se porta así. Luego me calmo y vuelvo en mí, olvidando lo que me ha pasado.

Mi mujer calla. Me arrepiento de haber expresado este aspecto de mi psique en un momento de debilidad. Realmente, estoy sufriendo el ataque de un enemigo terrible, la apremiante vejez. No en el físico, sino en la mente. Y mi psique se arriesga a sucumbir si el cerebro no ayuda.

Después de una pausa, me pregunta:

—¿Tienes otras señales de este enemigo invisible?

—Sí, muchas otras, y todas graves. Tal vez son sensaciones indescifrables, rodeadas de profunda melancolía y nostalgia. Pienso en instantes de mi infancia o lugares de viajes que fueron muy importantes para mí. Es un verdadero naufragio sentimental. A menudo recuerdo con añoranza momentos intensos con personas muy queridas, por quienes siento el desgarro de su ausencia y la urgente necesidad de volver a un pasado que ya no existe. En esos casos ocurre que, si me encuentro en un paseo con el perro, comento en voz alta la gravedad de esas ausencias y me arrepiento de no haber aprovechado adecuadamente aquellas presencias cuando fue posible.

—Hay mucha tristeza en lo que cuentas. Puede envolverse en un sentimiento de depresión, sin reconocer que es el ritmo de la vida, marcado por el tiempo, el que lleva la voz cantante.

—Por eso, como te dije, no quiero envejecer. Sin duda, el enemigo está sobre mí, intenta atacarme, pero no tengo intenciones de sucumbir.

—Ha sido una sesión muy difícil —exclama de improviso—. Interrumpámosla aquí y retomemos nuestra vida diaria, sin que nos condicione tu psique.

Una caricia prolongada en los torneados muslos de mi mujer, después de colocar la bandeja con el café en la mesilla de noche, abre la nueva sesión de esta mañana.

—Centrémonos más —sugiere la psicoanalista— en el enemigo inquietante que subrepticiamente se apodera de las mentes de personas mayores. Te pregunto: ¿tienes alguna otra señal que pueda dar a entender que estás bajo el ataque de este enemigo?

—Hablar de este enemigo —le contesto con más vigor— es hablar de la vejez y de la soledad de este momento de mi vida. Es una soledad que se crea alrededor porque los demás, familiares y amigos, se alejan, y a menudo es también una soledad elegida, porque estás en contra de todos, no toleras a nadie. Es lo que me ocurre. No solo veo que los demás se apartan de mí, sino que yo mismo deseo estar lejos de todos. Este sentimiento es un ataque de la vejez, con graves consecuencias. La creación de las residencias para mayores es la respuesta más inoportuna que la ciudadanía podía dar. Es la clara victoria del enemigo, es rendirse a lo que, para mí, no es ineluctable.

—Pero los hogares de ancianos son una respuesta civilizada para evitar la soledad.

—Y, según tu pensamiento —porfío—, ¿reunir a todos los mayores no es otra forma de soledad, de marginación? La residencia de ancianos es un campo de concentración de decrepitud, de sufrimiento, de debilidad física y mental. Si quieres hacerte una idea de qué es la vejez, cruza el umbral de una residencia de ancianos y te pondrás en contacto con un mundo que no debería existir.

—Yo no sería así de crítica con los centros para ancianos. Creo que es una de las soluciones para enfrentar al que tú llamas el enemigo, que acompaña a la vejez.

—No —digo con ímpetu—, al enemigo se vence derribando a la vejez. Toda la vida es espera, es acción y riqueza de experiencias. Luego llega la vejez y las expectativas desaparecen, y solo queda un pasado que la mente, acosada, persigue sin tregua, con un impulso frenético. El enemigo está allí, en un pasado que te arrolla y en un porvenir que se reduce más y más. Cuando hablo conmigo mismo, ¿qué hago? Si no despotrico contra alguien, recuerdo y naufrago en el océano de un pasado nostálgico. Recuerdos, recuerdos, recuerdos… Nombres y rostros que se mueven a mi alrededor, primero se acercan y después se alejan. Es un vaivén sin fin. Ahora son imágenes de paisajes, ahora palabras importantes impresas en la mente que me golpean continuamente.

—Recordar es propio de la vejez —comenta mi psicoanalista.

—No, no lo es. La vejez es la que alimenta al enemigo escondido, que trae consigo, y con el cual ataca antes el físico y después el espíritu. Y cuando alcanza el espíritu llega el fin. Entonces se quiere que el carro del abismo llegue lo antes posible. Hay total depresión, tinieblas y silencio.

Ahora es mi mujer quien intenta sacarme de este callejón sin salida.

—La vejez tiene también aspectos positivos, de los que han hablado pensadores del pasado. Recuerdo al latino Marco Tulio Cicerón con su *De senectude*. En esta obra elogia la vejez, ya que en esta etapa de la vida todo se ralentiza, incluso las pasiones se calman y el ser humano ve las cosas con ojos más serenos y despegados. Las personas mayores son, en última instancia, los gobernantes adecuados de la sociedad. Son los políticos justos, porque han conocido las exigencias humanas y pueden estar encima de todo.

—Es solo retórica —grito—, engaño para aliviar la crueldad de la naturaleza. No estamos programados para durar tantos años, si vivimos tenemos que aceptar que la vejez es un terrible y espantoso barranco.

—¿Qué dices del anciano que es abuelo? ¿Olvidas acaso el papel de los abuelos para sus nietos?

El enfrentamiento entre paciente y psicoanalista se vuelve paradójico. Parece que no estamos en una sesión psicoanalítica y que cada uno de los dos tiene que convencer al otro de la exactitud de lo que afirma.

—No quiero anular este papel del abuelo —declaro con mucha más pasión que nunca—. Pero ¿cuánto dura? ¿Dónde están los nietos a medida que crecen y los abuelos se ponen más viejos? La realidad es que los jóvenes evitan la vejez. Los viejos son feos de ver y resulta engorroso frecuentarlos. Los viejos tienen manías, obsesiones, siempre tienen que decir algo, y nunca ese algo es bueno. Por tanto, mejor evitarlos.

—Entonces, ¿cómo salimos de este aprieto de la vejez acompañada por su triste enemigo?

—Te repito: eliminando la vejez. Si la eliminas, evitas también los ataques en contra del físico y de la mente.

—¡No es posible! —porfía mi mujer.

—Es posible, si le das libertad a la psique para que junto con el cerebro pueda vivir sin envejecer, es decir, sin que nunca falten los deseos.

—Sigo sin comprenderlo.

—En la vida, en cualquier momento, nunca debe faltar el deseo. Con cualquier edad y condición, el motor de nuestros días debe ser siempre el deseo, el deseo sostenido de nuestros cinco sentidos físicos. Además, el deseo se alimenta de una vida que tiene cambios. Son las novedades las que estimulan al cerebro.

Mi esposa, llegados a este punto, decide profundizar en sus ideas sobre la vejez.

—La vejez, te repito, es una etapa de la vida, pero personal, muy diferente de uno a otro. Cada uno se ve a sí mismo en el cuerpo de una determinada manera y a menudo es imposible alterar los rasgos que reflejan la edad. Por supuesto, ayuda actuar sobre la psique, trabajar sobre la propia percepción, pero no todos lo logran. De hecho, creo que son muy pocos quienes lo hacen. Aquí no se puede hacer trampa, lo mejor es mantener los pies en la tierra. La vejez la puedes ignorar, puedes fingir que no te atañe, pero ella se apodera de tu cuerpo y tú no tienes ninguna escapatoria.

—Este análisis tuyo es muy pesimista. He ahí el destino inevitable que la naturaleza cruelmente nos impone. Yo no acepto este destino, y mi psique se rebela conmigo. La trampa está en nuestra mente, que, al proyectar la vida a lo largo del tiempo, intenta catalogar el desarrollo de la naturaleza en un esfuerzo por obtener mayor control sobre lo que ocurre. Así pierde de vista la esencia de las cosas y atribuye un nombre que hace olvidar qué es de verdad lo más importante. Llama infancia al primer periodo de vida y vejez al último. Son nombres que no dicen nada de la persona, de su historia, de su desarrollo. La vida es única para cada persona, sin compartimentos estancos en su desarrollo. Cada clasificación es injusta, no deja espacio a diferencias y matices. Cierta ventaja es que se caracteriza pronto a alguien si está insertado en una casilla. Será esa casilla la que nos diga cómo es la persona según el esquema de referencia. Si es el de la edad, definir a un hombre mayor quiere decir que es viejo, con problemas de salud, incapaz de actuar con energía, pero no en todos los casos es así. Por lo tanto, salgamos de esos condicionamientos. Pasémonos de la raya. En «El hombre que quería hacerse joven», un cuento presente en mi libro *Susana y los viejos*, me refiero a un hecho real, según el cual un ciudadano holandés lleva a juicio al ayuntamiento porque no quiere cambiarle en el carnet de identidad su año de nacimiento. La razón de su petición era que tenía la percepción de sentirse más joven que su edad oficial. El ayuntamiento tenía que restarle veinte años en el documento, pues él se reconocía en una edad de cincuenta años, y no en los setenta biológicos. Mi cuento describe la intolerancia de todos ante su petición, en particular de los empleados del registro civil, e incluso su hijo joven no lo apoya y considera una locura su petición.

—Me parece legítima esa perplejidad. ¡Ay!, si todos decidieran intervenir en los datos personales…

—¿Por qué? Nosotros necesitamos ser coherentes con nuestra psique, igual ocurre con la definición de género. Si yo en un momento de mi vida no me siento masculino y quiero cambiar mi identidad, ¿por qué no puedo ir al registro civil y pedir que sea transcrito mi nuevo género?

—¡Eso es anarquía! —declara de manera categórica.

—No, no es anarquía, esto es atención a la dignidad de las personas.

De repente, me doy cuenta de que hay una pelea entre psicoanalista y paciente, lo que no es correcto durante una sesión psicoanalítica. Creo, no obstante, que quien debe ceder es la psicoanalista, porque yo soy el que tiene el trastorno.

—No, no es así —me corrige mi mujer rápidamente—. Está bien que la psicoanalista enfrente al paciente y tenga una pelea, es útil para el análisis, porque quiero bajarte a la tierra y hacerte aceptar la realidad. La vida no puede consistir solo en hacer lo que quieres.

—¡Es una cuestión de supervivencia! Si no prestas atención a tu psique, pierdes toda esperanza de una vida mejor. El ser humano está siempre al borde de un terrible barranco, y muchas veces cae en él. Toda construcción social que olvide el interés privado de cada uno, sus necesidades, sus derechos, como el derecho a la vida personal, a los deseos y a la felicidad, es una violación de la dignidad humana. Dejemos los intereses colectivos que sirven para defender a un grupo a menudo no identificado. Dejemos los falsos principios superiores, en nombre de los cuales se sacrifican los individuos, favoreciendo el dogmatismo y el fanatismo. ¡Vamos! Pongamos fin al heroísmo y a los grandes ideales que conducen a sacrificios absurdos. Demos rienda suelta a nuestras pasiones y comprometámonos con una juventud perenne. Cambiemos un destino falsamente altruista.

—Existe un nombre para lo que quieres: ¡egoísmo! ¿No crees que es el egoísmo lo que atropella a la humanidad?

—¡Me estás juzgando! —declaro enfadado.

—No estoy juzgando a nadie —precisa mi mujer—. El egoísmo es parte de la naturaleza humana, es instinto de supervivencia, propio de cada animal, y es parte integrante de la psique. Entonces, como estás en psicoanálisis, sacas fuera del inconsciente el sentido del egoísmo, que la educación y la cultura humana intentan cambiar en altruismo y en solidaridad. ¡Piensa cómo sería si solo el egoísmo y el interés privado dominaran el mundo!

—Tu reflexión quiere ser humanista, es decir, que el ser humano se educa y así pierde su animalidad. Pero cuánto sufrimiento y depresión hay por ahí porque se hacen discursos como el tuyo en torno al valor de la educación, de la humanización. Yo no veo humanidad a mi alrededor, así que vayamos directos al grano. Recuperamos nuestro mundo interior, nuestro individualismo, para que nunca nos falten los deseos y la satisfacción de placeres apasionantes que prolongan nuestra vida, retrasan la vejez y frenan la decrepitud.

—Al fin y al cabo, quieres erigirte defensor de una nueva revolución, la del pasotismo.

La ironía de mi mujer me ofende, no es útil para el psicoanálisis.

—Sin embargo —le digo—, he observado un disgusto muy difuso entre las personas, sobre todo entre los mayores. Cuando la vida llega al callejón sin salida de la vejez hay solo desesperación, si no buscas y encuentras recursos que solo puede entregarte tu psique. ¡Mira cómo las parejas envejecen! Es desalentadora la vida en común forzada. Los sentidos más insoportables sustituyen los de amor y atracción sexual. De la indiferencia a la insoportable presencia del otro, que muchas veces se transforma en aversión, cuando no en odio. La pareja así es un lugar de soledad, en vez de ser compañía y amistad. La vida en una pareja de ancianos es sombría, dominan las peleas y los malentendidos. Si los hijos de la pareja ya son mayores, estos se apartan o recurren a sus padres ancianos en busca de ayuda financiera o para dejarles a sus hijos cuando la guardería infantil está cerrada.

—Describes una vejez horrible de la pareja. —Mi psicoanalista sigue oponiéndose a mis declaraciones—. No siempre ocurre así. Hay muchas parejas que envejecen con cariño, con amor, sin olvidar cuando los sentimientos estaban activos.

—Eso es lo que considero inaceptable, un principio activo y luego un tiempo hecho solo de recuerdos. La pareja que envejece no puede convertirse en amor espiritual, en compañía, en amistad, porque no es así y el amor espiritual se desvanece. Y quedan la soledad y la intolerancia. Por eso el amor tiene que ser en el tiempo físico, de fuerte pasión.

—Es verdad que estamos en psicoanálisis, pero lo que explicas es inaceptable. Como siempre, reduces todo, la riqueza del alma humana a puro materialismo.

—No, no quiero ser materialista —subrayo con escrúpulo—. Pero es la vida. Toda la vida es física. Los mismos sentimientos son físicos. Son el producto de nuestro cerebro, que forma parte de nuestro organismo físico. Mi psique me enseña eso sin hipocresía. El placer material y el físico sexual no tienen límite de edad, es un derecho natural poder gozar sexualmente durante toda la vida.

—Bueno, entonces yo te digo que el amor pertenece a la juventud, sobre todo el erótico, el sexual, el carnal, como quieras llamarlo. En pareja, si se envejece juntos, son aceptables las prácticas sexuales, según los gustos consolidados en el tiempo. De este modo, la vejez puede no implicar un desgaste en el amor si se introducen variaciones en el acto sexual con la pareja.

—Pero así como es deseable la variación en las prácticas de sexo dentro de la pareja, para mí es recomendable la seducción fuera de ella, sin tener alguna preocupación por la edad. No es el perfil físico lo que debe resultar agradable, sino el buen gusto al llevar a cabo el acto sexual.

—Dicho así, parece fácil —observa mi mujer, que luego precisa—: ¿Te acuerdas de lo que vimos cuando pasamos un tiempo en un *camping* naturista durante las vacaciones de verano? Te gustaba esa oportunidad, te sentías un naturista más. Pues bien, los turistas que pasan vacaciones largas ahora son ancianos, y los cuerpos que se ven desnudos están marcados por los signos de la vejez. Es una decrepitud que te desorienta, pero dices que es justo que muestran sus cuerpos, independientemente de la edad. Todo cambia si los miras desde el punto de vista de la seducción.

—Haces bien al hablar de naturismo. Es un ejemplo que ayuda a sostener mis ideas sobre la ausencia de vejez en la psique de cada uno de nosotros, incluso el deseo de seducción, a pesar de la edad.

—¿O sea?

—El sentido de libertad física que suscita desnudarse se corresponde con el deseo que queda constante durante toda la vida de seducir y aspirar a la felicidad sexual. Desnudarse es reconocer que estamos hechos para la naturaleza; por lo tanto, no produce asco la decrepitud de los cuerpos, y los rasgos de la vejez desaparecen en el instante en que un naturista se desnuda.

—Cada uno es libre de expresar sus convicciones, desnudarse al sol y al mar es una decisión personal. A mí no me interesa, una seducción fuera de la edad justa me molesta.

—Y ¿cuál es la edad justa para el placer sexual? —pregunto un poco desorientado, creyendo que mis argumentos han sido claros y persuasivos.

Mi mujer quiere ser eficaz, dejar lejos cualquier malentendido.

—El placer sexual estalla en la juventud; en la vejez puedes alegrarte por los detalles de cariño y dulzura. Tienes que reconocer que es así, no puedes cambiar la naturaleza de las cosas. Si aspiras al máximo placer erótico debes lograrlo en tu juventud; después de ese momento, ya es demasiado tarde. No se puede pedir a la vejez lo que es propio de la juventud.

—Para la psique, en cambio, es posible. Por supuesto, cuando me encuentro ante la belleza de un cuerpo joven, masculino o femenino, me fascina, pero pienso rápidamente que esa belleza no es por siempre, porque el tiempo la modifica pronto, muy pronto.

—Por eso el arte griego —me interrumpe—, la pintura y la escultura, representa solo cuerpos juveniles para exaltar la belleza humana, que es efímera. De la vejez hay solo pensamientos, filosofía, estudios teóricos. El placer está muy lejano de los viejos.

—¡Eh, no! —vuelvo a estar al mando—. Eros pertenece a cualquier edad. Olvídate de los perfiles biológicos de la naturaleza y considera la riqueza de oportunidades de placer que ofrece siempre el sexo. A veces, esas están en la vejez, cuando se descubren nuevos gustos y alegrías inesperadas. Liberémonos de una vez por todas del moralismo radical e intolerante o de la negación deliberada del placer femenino, que se cuenta que disminuye con la edad.

Mi mujer, que ahora se ha quitado la máscara de psicoanalista, va al ataque.

—Mira la vejez en estos dos aspectos: la soledad sin hijos y los achaques de la decrepitud. ¿Cómo puede el Eros tener en cuenta la psique de un hombre o una mujer que se queda a solas a una edad avanzada, porque se murió su pareja o porque su compañera o compañero enferma y debe ser cuidado? Esa es una soledad problemática, sobre todo si no tiene los recursos financieros adecuados. ¿Qué hacer? Busca una casa barata para ancianos, si tiene una pensión asistencial, y si está desesperado sigue buscando ayuda social pública o privada. Por no hablar de otras consecuencias nefastas. ¿Crees que aquel hombre o aquella mujer tienen el tiempo y el deseo de recuperar en su psique el pasado erótico o juvenil? Hay que mirar la verdad a la cara.

—En contra de todo eso quiero luchar —grito con rabia—. No me gusta sucumbir al destino de la evolución biológica. —Después de un rato de silencio, prosigo—: No me gustaría que tú y yo nos volviéramos una pareja de ancianos. Sería la tumba de nuestra relación sexual, desaparecería el deseo sexual, el cariño sexual, el juego sexual, el mimo sexual. Mientras que estemos juntos tenemos el compromiso de alegrarnos como siempre y disfrutar de todas las oportunidades, del sexo y las cosas hermosas de la vida que nuestros sentidos sensibles nos ofrecen.

Interrumpo mi intervención, y guardamos silencio un largo rato. Ninguno de los dos habla. Parecemos dos extraños.

—Has hecho estallar las reglas del psicoanálisis —me acusa mi mujer—. Te has ensañado conmigo, olvidando que tenía puesta la máscara de psicoanalista, y me has implicado en tu mundo psíquico, del que yo debía quedarme fuera.

—Lo siento —digo, intentando justificar mi comportamiento—. Reconozco que el tema de la vejez es muy sensible para mí. Me duele lo que ha sucedido. Pero también tú has tomado una posición muy rígida. No puedes, como psicoanalista y como esposa, decirme que mire la realidad, en contra de la cual estoy en guerra. Me parece más correcto que te aliaras conmigo, que compartieras mis deseos para vencer y derrotar la vejez y la decrepitud, porque he demostrado que es posible, solo tienes que creer en esa batalla cruel.

—Quiero suspender la sesión. Podríamos retomarla mañana, si estás de acuerdo, y volver al asunto de la libido según el psicoanálisis. Creo que ahora es lo que tenemos que explicar.

Sin esperar mi respuesta, se baja de la cama y se va al cuarto de baño.

Sigo desorientado. La introducción de un término técnico del psicoanálisis me incomoda profundamente.

Mi mujer me parece más tranquila que ayer cuando interrumpió la sesión y voló lejos. Como cada mañana, acoge con gusto mis afectuosos buenos días y el café, que le traigo con mucho cariño. Con más intensidad de lo habitual intento un acercamiento sexual, acariciando sus muslos con gran pasión. Luego, con un beso apasionado, le indico que puede iniciar la nueva sesión, que supongo que será especial y, quizás, más técnica. No sé por qué, pero tengo este sentimiento.

Hoy la mujer psicoanalista, antes de comenzar, prefiere terminar el café con calma.

—Ayer —empieza— fui poco profesional; en otras palabras, en el ámbito del psicoanálisis, fui conquistada por la contratransferencia.

—¿Qué quieres decir?

—El trabajo psicoanalítico requiere prudencia, resignación y paciencia. En cambio, yo te entregué todo de mí misma. Es verdad que el nuestro es un juego, las reglas psicoanalíticas que utilizamos son superficiales, pero aun así no debí contraponerme a tu transferencia negativa, que expresaste como una oposición hacia mí, sacando de tu mundo psíquico una contratransferencia que nos llevó a pasarnos de la raya.

Mi mujer debe de haber leído algo en internet sobre psicoanálisis.

—No comprendo —le confieso—. Ayer tuvimos una confrontación agitada, porque tu intención era que yo mirase la realidad a la cara, pero mi psique me hace entender que se pueden seguir otras opciones. Puede que sea un sueño imposible, pero no quiero ni envejecer ni enfermar.

—Eso es absurdo. Hablemos claro: tu punto de vista es lo que se llama libido. En psicoanálisis, es el motor de todo. Es lo que tú llamas Eros, con *E* mayúscula. La libido, que no es solo la pasión erótica, sino toda energía que nos abre a la vida, a la belleza, a los sentimientos, a todo lo que concierne a los sentidos sensibles, a medida que pasa el tiempo se modifica, mengua. Es inútil ilusionarse. La libido es un gran engaño, si no la entiendes en el marco justo.

—Para mí, el marco justo de la libido es el de creer que no tiene límites, que es el lugar de la felicidad de los seres vivientes —corrijo a mi mujer—. Yo lo he llamado Eros, con *E* mayúscula, y otros lo llaman libido, pero lo esencial es la convicción de que hay una fuerza vital en la que confiar, que nos guía siempre y nos permite luchar en contra de la vejez y la decrepitud. La autodeterminación y la subjetividad nunca deben faltar en cualquier edad de la vida.

—Mi actitud interpretativa ahora está incrementando tu malestar. Quizás ha llegado el momento de cerrar el trabajo psicoanalítico.

Este anuncio me crea vértigo. Derrapo, pierdo conexiones.

—La clausura anticipada de la situación analítica —le digo desesperado— es algo traumático. Es una verdadera agonía si se adelanta el final del análisis antes de haberlo terminado, porque no puede ser analizado durante el tratamiento, tenemos que continuar para llegar al final y acabar con nuestro juego. Terminarlo ahora es echar todo a rodar y no sabremos jamás si ha sido útil nuestro compromiso de cada mañana.

—Cerrar el psicoanálisis no quiere decir interrumpir tu cariñosa entrega matutina del café, ni renunciar a la seducción sexual, a tus caricias en mis muslos. Quiere decir, simplemente, no comunicarnos nunca con tu psique. ¡Ya está!

—Cuando alguien está en análisis —declaro de manera dramática— no puede ser descuidado antes de que las sesiones concluyan. Mi psique está aún llena de estímulos y tengo que sacarlos fuera por mi bienestar.

—¿Y en mi bienestar no piensas?

—Tú eres la psicoanalista; yo, el paciente. Puede ocurrir que también la psicoanalista esté sufriendo, que ella estalle, pero después del conflicto entre paciente y galeno, no se interrumpe el análisis, y las sesiones continúan hasta al final.

—Este ritual de imitar el método del psicoanálisis para dar salida a lo que se agita en tu psique, sin tener competencia ni conocimientos adecuados, es peligroso. A menudo estamos al borde de un barranco y no sé cómo ayudar, cómo actuar. El sentido común no es suficiente. No quiero esa responsabilidad. Tendrías que ir a un psicoanalista de verdad.

—¿Y tú crees que un psicoanalista profesionista podría hacer más que tú?

—¡Sí! —concluye mi mujer, que sin añadir nada más se va de la cama, dejándome totalmente inquieto.

Ofreciendo la taza de café de manera más afectada de lo habitual, le pido a mi mujer:

—¿Es verdad que la sesión de hoy es muy importante, mi amor? Quiero hablarte de mis miedos y de lo rápido que pasa el tiempo. Quiero tratar de nuestra libido, de lo que une nuestra pareja y de los sueños que se anidan en nuestro corazón.

—Yo hablo de lo que quieras, pero no como psicoanalista. Para mí, el juego se acabó ayer. Esta mañana volvemos a la costumbre de la charla, de hablar de esto y aquello sin que nos estresemos por el mundo de la psique. A veces, una vida cotidiana banal es mejor que preocuparse por las grandes cuestiones que atormentan nuestra psique.

—Si estás dispuesta a charlar sobre cualquier asunto en este rato de la mañana cuando te traigo el café a la cama, ¿qué cambia si es mi psique la que sugiere el tema e indica los nudos del pensamiento? Nuestro compromiso fue que yo sacaría a la luz lo indecible de mi mundo interior, para que así el inconsciente, poniéndose fuera de la psique, se volviera consciente y pudiera alcanzar un equilibrio en el cerebro para enfrentar la vejez y la decrepitud.

Mi mujer no se rinde.

—A la larga, no soy capaz de sujetar el choque, sobre todo cuando niegas la realidad.

—Para empezar, el análisis ha funcionado. La psique ha mostrado su vida caótica, todo mi mundo, y no solo el sexual ha salido a la luz. ¿Por qué no terminar de sacar lo que está aún escondido en el inconsciente?

—¡Pero si hasta hemos hablado nada menos que del más allá! No es posible analizar todos los temas que te preocupan, los cuales no soy capaz de entender de arriba abajo. Es mejor interrumpir el juego.

—Eso me va a afectar mucho. Me siento como abandonado en el mar, como un náufrago.

—Me parece una exageración. Si es así, podríamos considerar buscar un psicoanalista válido y, si quieres, podría ser una mujer psicoanalista para que me reemplace.

—Sería una traición. No quiero traicionarte, mi psique está a gusto contigo. Terminaremos las sesiones en los próximos días, y después declararemos la clausura y diremos cómo ha ido. Por fin podremos evaluar un poco mi carácter y cómo ha sido mi aproximación a la vida.

—Quiero saber, según tu opinión, ¿cuándo podríamos decir que las sesiones han terminado?

—Cuando los nudos de la psique o, mejor, los más importantes hayan sido desatados.

—¿Qué es para ti un nudo desatado?

Estoy feliz de que mi esposa insista. Me siento analizado de nuevo.

—Creo que el nudo se suelta cuando estoy en condiciones de hablar sin angustia. No es fácil, pero en parte lo hemos logrado.

—¿Cuál? ¿El de la vejez y la decrepitud? No creo que sea un nudo desatado.

—Es verdad, tienes razón, sigo sintiendo angustia por la vejez. Pero hay muchos otros nudos que podría soltar con tu ayuda. Por eso es importante para mí que el psicoanálisis no se acabe ahora.

—¿Cuáles, por ejemplo?

—El de las relaciones familiares, o el de las relaciones de amistad. O, más en general, el de las relaciones con las personas de la sociedad en la que se vive.

Mi mujer no cae en el anzuelo.

—Esos son nudos ya tratados y creo que desatados. Quizás el que atañe a la familia está aún abierto. Pero ya sé lo que piensas, que la familia puede ser una jaula, que puede impedir la libertad de sentimiento, que este sentimiento es una obligación, que es una necesidad de tu psique sentirse obligado, que en la familia existe la cadena del vínculo de sangre, que te angustia porque no hay libre albedrío. ¿Recuerdas cuando me hablaste de la muerte de tus familiares?, ¿qué te angustiaba? La falta de una ayuda eficaz. Pero sin referirnos a esos casos extremos, el nudo familiar es el tormento de la psique por algo que sientes inexorablemente como deber y que no puedes eludir.

Estoy encantado por el análisis de mi mujer. Ha dado en el blanco. Es así, de verdad. La obligación familiar es el agobio más difícil para la psique, que sucumbe sin jamás encontrar serenidad y paz en el cerebro.

—¿Has visto cómo es necesario continuar con el psicoanálisis?

—¡Sí, está bien! Creo que el psicoanálisis es un poco como una droga: cuando empiezas no eres capaz de acabar. Por eso tenemos que parar. Hablaremos de lo que quieras, pero sin que me lleves a los nudos de tu psique, en particular a aquellos de la vejez y la enfermedad.

—Si continuamos, te prometo que podríamos cambiar los papeles, tú serás el paciente y yo el psicoanalista.

—¿Te has vuelto loco? Nunca me pondría en análisis, mi psique no quiere desnudarse. Nunca te hablaría de mi infancia y de la libido infantil o juvenil. Primero, porque no lo recuerdo y, en segundo lugar, no me gusta que alguien entre en mi psique, ni siquiera yo misma quiero entrar.

—¿Esta postura tuya vale también ante un psicoanalista verdadero y profesional?

—Sí, también. Además, no tengo trastorno mental y veo las cosas según la realidad.

—Sé que eres muy celosa de tu vida privada, por eso soy muy comedido. Para mí, y tú lo sabes, es muy diferente. Me gusta abrirme, me gusta que la psique interactúe continuamente. Y, sobre todo, valoro tener un entorno en el que pueda aclarar los cuentos del pasado. Es fundamental que alguien te escuche, como lo haría un psicoanalista, siguiendo unas reglas muy simples. Es como escribir. No me gusta escribir sobre otros, sobre historias de otras vidas. Para mí, escribir significa adentrarme en mi interior. Por eso no puedo acabar con el psicoanálisis. Si no es posible convencerte con el cambio de roles, por favor, otórgame unas sesiones más para acabar de soltar los nudos, como el de la familia, no solo como vínculo, sino como lugar de nostalgia y de cariño. Tengo la necesidad de recordar, de revivir emociones y fuertes sentimientos. Necesito hablarte de otras novias de mi juventud y de las sensaciones que la naturaleza me provocaba durante mi infancia…

Mi mujer me bloquea.

—Basta y sobra. ¡Dediquémonos a otras cosas, volvamos a la normalidad! Déjame disfrutar con total serenidad del café que con tanto amor me traes a la cama cada mañana. Es una de las alegrías que me permite la jubilación anticipada.

Veo cerrarse la ventana para mi psique, el mundo inconsciente vuelve a su caos. Tengo que rendirme. Pero no quiero renunciar a esos ratos diferentes del café matutino, y sustituirlos por una charla vacía me aflige.

—Bueno —digo a mi mujer—, renunciaremos al psicoanálisis y a sacar malos pensamientos desde mi psique, pero este momento único de nuestra jornada no puede volverse una charla vacía, el cerebro tiene necesidad de algo más significativo, algo reflexivo. No sé, podríamos dedicar algunos ratos a pensamientos filosóficos.

—Tengo una idea —propone—. Vista tu necesidad intelectual, ¿recuerdas que compramos un calendario cuyas páginas se van despegando día a día? Pues estas páginas con la fecha del día contienen refranes, máximas, modismos, etc. Podríamos utilizarlas por la mañana con el café para leer cada día el pensamiento relatado y comentarlo juntos. Esto podría enriquecer nuestra charla matinal, que ya no sería un mero ritual vacío.

Por supuesto, pasar de las sugestiones que mi psique extrae de su caos a los modismos banales y de sentido común resulta desalentador. Esto sí que es un verdadero callejón sin salida. Mi mujer y yo estamos encerrados.

No me queda otra que compartir con ella este nuevo ritual, que no beneficia a mi psique, la cual me aprieta sin cesar.

—Entonces —digo con escaso convencimiento—, ¿mañana por la mañana vamos a empezar el nuevo ceremonial del café?

—Sí —afirma mi mujer, satisfecha—. Así arrinconas a tu psique.

—¿Tú crees? La vejez y la decrepitud ocupan aún toda una estantería de mi cerebro.

Desde hace muchos años tengo otro ritual al despertarme, que introduje cuando mi madre dejó de traerme el café a la cama por la mañana. Nadie tomó su lugar, ni siquiera las mujeres con las que conviví. Por eso fui yo quien no desperdició una costumbre tan importante para el despertar matutino.

Me levanto de la cama muy temprano al amanecer y, guardando profundo silencio, me voy a la cocina para calentar la cafetera, preparada la noche anterior, y disfrutar la espera de escuchar el soplo de agua vertiendo café en la caldera de la cafetera. Vierto la bebida caliente en una taza grande y me la llevo al aire libre, no sé, al balcón, la terraza o el jardín, donde me espera una cómoda tumbona. Me coloco allí y me tomo en absoluta tranquilidad esa taza de sabroso café, que obviamente anticipa el que le llevaré a mi esposa más tarde.

Considero este primer café un privilegio porque estoy verdaderamente a solas conmigo mismo durante un tiempo libre para excelentes sensaciones. Mis pensamientos malos o buenos van libres y mi psique se vuelve loca.

Ahora he decidido que aquí trasladaré mi psicoanálisis, serán sesiones matinales, de madrugada. La psique será el paciente, y el cerebro, el psicoanalista.

Creo que será un psicoanálisis en soledad, mejor que nada. Ya tengo preparadas mil preguntas que el cerebro pretende formular a una psique aturdida, especialmente respecto a la vejez y la decrepitud.

La palabra será reemplazada por los pensamientos que se cruzarán en la conexión entre psique y cerebro. El tema será propuesto por los recuerdos y el porvenir llevará la voz cantante. ¿Qué porvenir? No sé. Sin duda, el que desee mi psique, que al fin y al cabo puede decir todo lo que quiera y el cerebro no censurará nada.

Un entorno de silencio y de dulce vulnerabilidad, el aire fresco del amanecer, alguna estrella dispersa aquí y allá en el cielo negro y el antiguo sabor de un café hecho con amor me empujarán al lugar de donde nunca quise irme.

Apéndice

Breve bibliografía cronológica sobre el psicoanálisis:

Luis Chiozza: *¿Para qué sirve el psicoanálisis? El qué-hacer con el paciente.* Libros del Zorzal, Buenos Aires, 2013.

Antonino Ferro y Luca Nicoli: *Pensamientos de un psicoanalista irreverente. Guía para analistas y pacientes curiosos.* Espacio Gradiva, Lima, 2018.

Eva Gerace: *El psicoanálisis y su causa en el tiempo de la no escucha.* Cittá del Sole Edizioni, Reggio Calabria, 2021.

John Gray: *Perros de paja. Reflexiones sobre los humanos y otros animales.* Sexto Piso, Madrid, 2023.

Jesús Zamora Bonilla: *La nada nadea. Invitación al nihilismo.* Deusto, Barcelona, 2023.

José Luis Juresa: *La realidad por sorpresa. Un ensayo sobre el sentido del psicoanálisis.* Paidós, Buenos Aires, 2024.

Mis libros destacados en la novela:

Manoscritti scandalosi. Europa Edizioni, Roma, 2016.

Vite parallele. Europa Edizioni, Roma, 2016.

Una rivoluzione quasi perfetta. Giovane Holden Edizioni, Viareggio, 2017.

Diario minimo di uno scrittore esordiente. Giovane Holden Edizioni, Viareggio, 2018.

Susanna e i vecchioni. Giovane Holden Edizioni, 2020.

Euridice per sempre. Giovane Holden Edizioni, 2022.

Índice